请别在
该奋斗的年纪
选择安逸

李慕雪 著

北京联合出版公司
Beijing United Publishing Co.,Ltd.

图书在版编目（CIP）数据

请别在该奋斗的年纪选择安逸 / 李慕雪著. --北京：
北京联合出版公司，2016.9（2024.3重印）

ISBN 978-7-5502-8559-0

I.①请… Ⅱ.①李… Ⅲ.①故事—作品集—中国—
当代 Ⅳ.I247.81

中国版本图书馆CIP数据核字（2016）第224577号

请别在该奋斗的年纪选择安逸

作　　者：李慕雪
出 品 人：赵红仕
责任编辑：徐秀琴
特约编辑：邢玉格
特约监制：朱文平
封面设计：刘红刚

北京联合出版公司出版
（北京市西城区德外大街83号楼9层　100088）
三河市天润建兴印务有限公司印刷　新华书店经销
字数 165千字　900毫米×1280毫米　1/32　8印张
2016年9月第1版　2024年3月第5次印刷
ISBN 978-7-5502-8559-0
定价：49.80元

前　言

　　我老本行是写短篇小说的，探险猎奇鬼狐绝恋犀照通灵等等。所以这本书一出来，立刻有同行窃喜，不怀好意地问："你要改行啦？"不想理那些坏人，来来来，我只想和你聊聊我写这本书的初衷。

　　据说从事文学创作的人都有不同程度的精神分裂和多重人格，我深以为然。长久以来，我的状态就是人在书房坐着打字，精神则遨游在多次元空间，和笔下人物同呼吸共命运。但是，每次在深山密林搏击巨蟒，或者被困在地下洞穴正在寻找出口的关键时候，总有一双来自现实的大手把我从那个自己构筑的世界里揪出来。

　　那双大手不是只来自于亲爱的快递小哥啊，朋友们！更多时候是闺蜜、死党、隔壁王叔叔张大妈、近房远房各种表姨表舅表弟表妹……他们和我一起包括但不限于看雪看星星看月亮，从诗词歌赋谈到人生哲学，更多时候是在倾诉他们各自的经历。

　　一位富二代朋友，千方百计摆脱别人艳羡的接班人身份，因为他的梦想是当一名兽医；走了一辈子衰运的表舅，各种悲催经历令人无语凝噎，走投无路决定找大师改运；闺蜜的弟弟长得像古天乐版的杨过，是一枚人见人爱的小鲜肉，结果却被小女友提出分手……

在我听到的这些故事中，有面对重大选择时的踌躇不决，有重重压力之下的辛酸悲喜，更不乏关于梦想关于奋斗的实例，他们的执着坚韧温暖着我，感动着我。同时，我惊奇地发现，一部分人曾经咬牙扛过去的昨天，正是另一部分人迷茫困惑的今天，同样的困难会在不同的人身上重复出现。

这时不需要恨铁不成钢的鞭策，也不用苦口婆心的鼓励开导，只要把别人成功走出去的经历说一遍，身处困境的人就会豁然开朗。身边亲友们的真实经历远比空洞的道理有说服力，这就是以人为鉴的力量。

如果把人生比喻为爬山，那些成功的人也曾经和我们现在一样迷茫，只是他们已经走出歧途，爬出暗壑，踢落松动的滚石，遥遥领先地走在前面。我们要做的就是借鉴他们的经历，规避一切可以预见的困难，保留力量攀登下一个高峰。

生命是有限的，而困难是无限的，我们不能把有限的生命投入到无限的困难中去。作为一个有能力有爱心的职业写手，我觉得我有责任把这些故事整理出来，让更多的人看到。如果你读完这本书，从中汲取到了对自己有用的部分，我所做的工作就有了价值。

Contents 目 录

CHAPTER 1
人可以被毁灭，但不能被打败

　　导致犯懒的原因，除了动力缺失，还有一个重要因素是回报遥远，也就是从付出到收获的反馈周期太长。

　　从某种意义上来说，这个世界是公平的。能继承的是财产，不是能力，用色相换来的是恩宠，不是爱情。一分耕耘一分收获，不用付出就能得到的大约只有皱纹了！

CHAPTER 2
搏上一切，或拼到一无所有

　　不要在能吃苦的年龄选择安逸，也不要在该奋斗的时候被一份看似稳定的工作拴住翅膀。不管那份工作中途抛弃你，还是能为你养老，它都已经买断了你的人生。

　　这个世界上，成本最低的就是嘲讽与非议。他们不调查不了解自以为是，摇唇鼓舌只需要消耗为数不多的卡路里，却能蛊惑你怀疑自己坚持的意义。

CHAPTER 3
如果他们是错的，你是对的

　　生活总是逮住每一个机会考验我们，这时我们最最需要的就是选对路口，哪怕孤身一人，也要跑完这场马拉松。

　　成熟应该是拥有能随心所欲生活的权利和能力，和放弃，和妥协都没有太大关系。

　　向鱼问水，向马问路，才能得到你想要的答案，问道于盲和问到二把刀的后果同样糟糕。

CHAPTER 4
熬过一阵子，幸福一辈子

在现世安稳岁月静好的时候，为了更进一步"自讨苦吃"，以成全更好的自己，这才是难能可贵的品质。

世界那么乱，软弱给谁看？莫斯科和北上广不相信眼泪，靠山屯也不相信。

没有经济实力作保障，还哭着喊着不顾一切去隐居，那么就是一种不负责任的行为。

CHAPTER 5
当你渐渐遗失梦想的时候

这世界上没有任何等价的筹码，值得你为之放弃梦想。

生活的压力是每个人都必须承受的，但养家糊口并不是对梦想始乱终弃的理由。

失去光明，尽管生活漆黑封闭，但梦想始终为他保留了一扇和外界连接的门窗。而失去梦想的人，世界则会向他关闭所有的门窗。

CHAPTER 6
每一次被现实折磨得遍体鳞伤

　　生活从来不给我们相安无事的机会，你此刻怠慢它，不久的将来就会被它狠狠扇个嘴巴。它要的不是握手言和，而是你的俯首称臣。

　　好逸恶劳贪图享受是人类身体的本能反应，我们都想当享受现成资源的富二代，我们的孩子也是这么想的。要想改变后代的历史，拼搏总要从某一代开始。

CHAPTER 7
生活是一棵长满可能性的树

　　命运的大手总是在某个时刻猝不及防地将我们推个跟跄,甚至摔个狗啃地。更改设定并不要紧,毕竟唯一主演还是我们自己。活成大片还是烂片,你的人生你做主。

　　没有一个老板是笨蛋。他们都是从你现在的位置做起来的,粘上毛比猴都精,也早已炼就一双火眼金睛。你做了多少工作,应该得到怎样的报酬,他们心里有自己的一杆秤。

CHAPTER 1

人可以被毁灭，但不能被打败

一分耕耘一分收获，

不用付出就能得到的大约只有皱纹了！

趁激情还在，趁青春未死

你是否也有过这样的时刻？一件你长久以来就在计划的事，或者是构思成熟想要完成的作品，因为种种原因搁置推后。等你终于下决心开始去做的时候，忽然发现已经有人抢先一步完成了，甚至比你自己预期的还要好。那种感觉非常诡异，锦水在电话里形容说："就像有人潜伏进你的大脑，偷走了你的创意，实现了你的梦想。"

锦水是我闺蜜，当年一起背着书包坐在操场上看男生打篮球的小伙伴之一。她人长得美，家境又好，新衣服总是又贵又漂亮，让我们艳羡不已，锦水也在我们的仰望中得到极大的满足感。她曾一度想当服装设计师，上课都在书本下偷偷画服装设计图，家里被她剪掉的床单不计其数。有一次为了完成一件婚纱，她甚至拆了窗帘上的蕾丝花边，我唯一的一串珍珠项链也被她钉在了裙摆上。

然而，少年的热情就像潮汐，来得快，去得也快。锦水大学并没有读服装设计，而是选了一个莫名其妙的专业，毕业后在家人的安排下嫁为商人妇，这些年终日过着被我们鄙视又被另一些人羡慕的抱猫逗狗、无所事事的空虚生活。

锦水打来电话时，我正忙着修正一部书稿，手机开着免提放在电脑旁。键盘的噼里啪啦打字声和我哦哦噢噢的敷衍让她不满起来。锦水恶毒地说：“你再不好好听我说话，我诅咒你这部书稿出版不了。”真是最毒妇人心啊，我只好停下来，无奈地问：“姑奶奶，你到底受什么刺激了？长话短说。”“还短说？长说还表达不了我内心的震动呢，你赶紧出来一趟！”锦水不容置疑地说。

锦水把见面地点约在了本市最大的婚纱店，我到的时候，她正在门口翘首以望，看见我不由分说就往里拉。我大致了解了一下，原来锦水的一个堂妹结婚，她来陪着挑婚纱，结果看见了一件让她无法相信瞠目结舌的婚纱。我翻个白眼：“这种事也值得大惊小怪喊我出来，婚纱再漂亮你也不能再结一次婚吧？”

“不是这样，你一看就知道了！”锦水拉着我穿过一排排珠翠亮片白纱雪绸，最后进了贵宾间，里面挂着一袭象牙色斜肩修身鱼尾的婚纱。我看到第一眼就震惊了，不是因为婚纱的端庄高雅，也不是因为标签上一长串的零，而是因为这款婚纱太眼熟了！

这套婚纱和锦水在中学时代设计的那套款式惊人的相似，唯一的区别就是材质，窗帘床单换成了精美的雪纱，裙摆上熠熠生辉的水晶取代了我那串可怜的珍珠。

店员一直紧跟在我们后面，见我们属意这款婚纱，立刻热情地介绍："两位真是好眼光，这是我们邀请米兰的著名设计师定制的……"锦水没有风度地打断她的话，激动地问我："对不对？我说的对不对？雪雪，我的梦想被人偷走了，被别人实现了！"店员莫名其妙地看着我们，锦水哇的一声哭起来，我只好赶紧拽着她离开婚纱店。

锦水并不知道有时候梦想和感情一样，你以为它会万年不改地留在原地等你，事实上它饱尝冷落后都会选择离开。

在星巴克坐了好久好久，锦水的心情才渐渐平复，抽噎着问："现在怎么办？"我摊摊手："什么怎么办？伟大的头脑总是不谋而合，创意雷同又不是抄袭，你还能找人家打官司不成？""打官司是不可能的，我就是不甘心。如果我当时没有放弃服装设计，现在挂在那儿的作品就是我的了。"

我见锦水还停留在"如果"的阶段，于是"安慰"她说："不过你也不是第一个遇上这种事的倒霉鬼，国外有个卡车司机，三十多年前就被人'偷'走梦想，抢先实现了！哎呀，那感觉跟老婆被人偷了一样一样的啊……"锦水一听睁大眼睛，同病相怜之情油然而生："好可怜，是谁呀？"于是，我给她讲了一个卡车司机的故事。

这个卡车司机出生在加拿大，是个开朗乐观的好青年，平时主要开卡车给一家学校送餐。他天生富于幻想，闲下来时思维天马行空地驰骋，幻想一些发生在遥远星系的故事。那时的他非常喜欢斯坦利·库布里克执导的电影《2001太空漫游》，渴望自己也拍一部那样的电影出来。于是故事最初的雏形在他的想象里日趋丰满，故事情节越来越清晰，越来越完整。

有次他将故事讲述给同伴听，同伴觉得神奇而不可思议："这怎么可能拍得出来呢？"他说："嗨，看着吧，总有一天我要把这个故事拍成电影！"然后他就继续快乐地开卡车去了，闲下来时依旧喜欢幻想，依旧憧憬着将来有一天把脑海里的故事拍成电影。

直到很久之后的某一天，那个同伴对他说："你说的那个故事有人拍出来了，正在电影院放映呢！"他不相信，丢下卡车就跑去电影院。那天放映的是乔治·卢卡斯导演的《星球大战》，一部风靡一时具有开拓性意义的科幻电影。

我们可爱的卡车司机看完以后傻眼了，这不是他要拍的电影吗？他一直想做而没有去做的事，被这个叫乔治·卢卡斯的人完成了，而且完成得那么出色！出了电影院，他内心的郁闷依然无法消减，不得不跑去打了一阵拳击发泄，然后他问自己接下来怎么办？是当作没有这件事，任由别人去实现他的梦想，还是从现在开始奋起直追，着手去做自己梦寐以求的事？

卡车司机选择了后者，这时的他没有任何关于拍摄电影的知识，只能先从还原卢卡斯的作品开始。他买了一些廉价的摄影器材，在南加州大学图书馆借了厚厚一摞有关摄影与特效的书籍，沉迷其中无法自拔。等他掌握了一些技术后，开始撺掇当地的一群牙医给他投资，他要开始拍摄一部自己的《星球大战》。

　　牙医们的投资是非常有限的，经费仅够拍摄一段12分钟的片段。卡车司机精益求精，用这12分钟表现了外星机器人和一个操纵大量骷髅的女人打斗的场景，他渴望利用这个片段在好莱坞争取到更多的投资，以完成整个影片。

　　然而，热血沸腾的卡车司机在好莱坞兜售一圈后，并没有拿到一分钱的投资，叫板卢卡斯的野心遭到了重创。可贵的是我们的好青年并没有就此气馁，梦想一旦扬帆起航，那势必乘风破浪，直济沧海。他几经周折进了b级片之王罗杰·科曼手下打工，近乎贪婪地学习各种知识，一步步成为科曼旗下的虚拟视觉效果专家之一。

　　1981年，这位执着追梦的卡车司机终于开始执导自己的第一部影片《食人鱼2：繁殖》，同时完成另一个剧本。三年后，那个剧本拍成了他想要呈现的故事——《终结者》。曾经的卡车司机凭借此片一举成名，后来更是拍出全球票房史上最高纪录的《泰坦尼克号》和《阿凡达》，至今无人超越。

　　"你说的是詹姆斯·卡梅隆啊！"锦水大为惊异，显然并不知道卡梅隆在成为导演前的这段经历。"每个人都有自己的梦想，哪怕只是少年时代不切实际的幻想和憧憬，只要付出努力也会萌芽，成长，遗憾的是并不是每个人都能坚守。"我话题一转，"你看过亲子节目宝宝爬吗？"

　　锦水茫然："这和宝宝爬有什么关系？"宝宝爬是一种婴儿间的趣味比赛，将刚学会爬的小婴儿放在各自的赛道上，中途遍布岔道口和玩具零食，几乎大部分的宝宝都抵抗不住诱惑，有的走岔了路，有的停下来吃零食玩玩具，只有极少数的宝宝成功爬到了终点。

"你不觉得这和我们追逐梦想差不多吗？"我说，"我们一开始都有自己的目标，可是成长的路上充满了岔道口和诱惑，很多人慢慢就停下了脚步，或者干脆为了一盒糖果一个玩具熊放弃了初衷。你和当年开卡车的卡梅隆同属此类，不同的是卡梅隆及时醒悟，奋起直追，最终成就了他的电影事业。"

锦水很受触动，低头沉思半晌，再抬起头时眼眸中有种奇异光彩："你觉得我现在再去报个服装设计的课程，还能来得及实现自己的梦想吗？""追逐梦想的路从来没有坦途，肯定是不容易的，但至少要先在'路上'啊！"我提醒她，锦水连连点头。

激情尚在，青春未死，你还有梦，不去追逐还等什么？不要让别人实现了我们的梦想，不要在该奋斗的时候虚掷了光阴。

懒癌最新治疗方案，如何迈出第一步

　　我有个做心理医生的朋友，叫沈佳，肤白貌美收入不菲，已经成功跻身白富美之列。以前同去批发市场淘衣服的日子一去不复返，现在沈佳换车跟我换大衣似的，在"钱"途上遥遥领先，我已难以望其项背。有次聊天时，我忍不住问："你们治疗时都跟病人聊些啥呢？真有那么多人有心理疾病吗？"

　　"什么都聊啊，感情受挫折，心情不美丽，情愿上坟都不想上班，还有早上起不了床的……"沈佳一边喝咖啡，一边优雅地说。我瞪大眼睛："起不了床不是懒吗？这也看心理医生？""懒也是病啊，得治，怎么不能看心理医生？"沈佳语重心长地说，"21世纪困扰人类的最大疾病是什么？是起床困难症啊！起床困难症严重了还会转成拖延症，一定要重视啊！"

我好奇起来："那你通常怎么开处方？"沈佳妩媚地撩撩头发："因人而异吧，大部分时候给他们推荐起床师，起床师每天会在固定的时间准时叫醒顾客的。"我大跌眼镜，这绝对是无良医生啊，沈佳们的财富就是这么积累起来的？那些顾客的脑袋是进水了，还是被驴踢了？

"你是不是觉得我在骗钱？"沈佳见我怀疑她的专业素养，直截了当地问。我有点不好意思起来，但还是实话实说："我以为你会跟他们讲讲做人道理、鼓舞斗志啥的……""讲道理鼓舞斗志是人生导师的活儿，我是执证心理医师，有病治病，对症下药才是本分。"沈佳说得冠冕堂皇，见我还是不以为然，放下杯子，"来来来，给你免费普及下相关知识，你知道患有起床困难症的人为什么起不了床吗？"

"因为懒。"我坚持自己的立场，不假思索地回答。沈佳只好点头，又问："那你知道他们为什么懒吗？""你的'患者'大部分都是年轻人吧？"我不答反问，沈佳果然再次点头。

年轻人是个得天独厚的群体，不但被允许犯错，还被允许犯懒。我表弟就是个懒癌晚期患者，四体不勤五谷不分，有着一份朝九晚五的清闲工作。在单位抱着手机刷朋友圈，回家后不是坐在电脑前，就是歪在床上。别说帮忙分担家务，妈妈拖地到了他跟前，他连脚都懒得抬一下。

如果到了周末节假日之类，早饭就不用说了，午饭都得送到他房间里。如果表弟是植物，我毫不怀疑他已经把根深深地扎在床板下了。他爸爸看不过眼，有次催了几次不起来，气得到厨房接了一大盆凉水，掀开被子就对着他浇了下去。表弟"嗷"的一嗓子就跳了起来，大冬天的只穿一件内裤就跑到客厅。妈妈又气又心疼，还护着说："你这是亲爸吗？年轻人哪有不爱睡懒觉的？"

归根结底，懒是因为他们被照顾得太舒服了！什么都不用他们干，什么都不用他们操心，工作、房子父母都给安排好了，连一日三餐和干净衣服也是免费提供的。没有压力，没有挫折，现世安稳，岁月静好，躺床上刷刷朋友圈多舒服，在他们看来一大早起来励志才是有病呢！

有人见过送快递的有拖延症吗？卖早点的，也基本没有起床困难症。扛着巨大生存压力奔波的中年人连生理疾病都不敢生，他们敢患上懒癌这种矫情的富贵病？

"有人给你一千万，你懒得去拿，那才叫懒。有心仪的男神女神约你，你磨磨蹭蹭不出门才叫拖延症，"我态度鲜明地说，"抢红包时手比谁都快，约会时还能提前半小时出门的人，好意思说自己是懒癌、拖延症？"

"一个人要完成既定目标，信心、动力、专注和回报缺一不可。你分析的这些原因，在心理学上叫作动力缺失，"沈佳不住点头，"你看，我们的观念果然是一致的。"我隐约觉得哪里有点不对，刚才我和她的立场还处于旗帜鲜明的对立状态，怎么忽然就同一阵地了？

"导致犯懒的原因，除了动力缺失，还有一个重要因素是回报遥远，也就是从付出到收获的反馈周期太长。"沈佳举例，比如一个人立志要当作家，当明星，或者天生就有为国为民为了全人类的高尚情怀——想当科学家或宇航员。当作家肯定是不容易的，吃不吃得饱另说，每天趴在电脑前打字就要了亲命。各大文学网站挖坑的比比皆是，能善始善终填坑完本的就是好汉，遑论坚持到成名成家？

当明星？孙俪娘娘为了保持身材不敢多吃，有次在片场忽然心血来潮想吃包子，助理买来后，娘娘垂涎欲滴，最后却只是闻了闻过瘾。拍摄《甄嬛传》的时候，娘娘的台词最多，又大部分是半白的语言风格，孙俪除了吃饭睡觉就是在背台词。

理想中都想当孙俪，现实是每年艺校毕业的学生都是乌泱乌泱的，踌躇满志在影视圈跑了几年龙套后，相当一部分人就转行了。她们没有坚持下去的原因就是付出的成本太大，回报太遥远。从事科研的就更不用说了，有的钻研一辈子也看不到回报。

"这是从大处说，从小处来看更是显而易见，"沈佳说，"曾经有人在知乎上提出一个看似无聊的问题，为什么嗑瓜子可以嗑半个小时，甚至嗑了一个小时还想嗑，看书学习却不行？原因就是回报遥远，反馈周期过长。学习哪能立竿见影？可是嗑瓜子两秒就能吃到瓜子仁，所以会有想一直嗑下去的欲望。"

我忍不住撇撇嘴："再强大的理论支持，也掩饰不了吃货的本质。""嘴馋是一方面啦，但起决定因素的绝对是反馈周期长短的问题。如果嗑瓜子的时候只嗑不吃，或者嗑够一个小时攒一块儿吃，大多数人都坚持不下去的，这时候就需要外力介入，"沈佳打了个比方，"如果有人在旁边拿枪顶着你，嗑不够一个小时就开枪，你会怎么样？"

"那还用说，别说嗑瓜子，就是嗑核桃也得嗑够一个小时啊！"我回答。"这就是外力干预的效果，如果你表弟连续几天被掀开被窝泼冷水，他的起床困难症也会不药而愈的。不过会感冒进医院就是了，嗯，也影响家庭安定团结，所以最好还是求助专业人士。"沈佳说到这句时挺挺身姿，脸上写着"有困难找沈佳"六个字。

"难道除了外力干预，自己就克服不了？"我不信邪地问。"当然可以了！"沈佳笑笑回答，列举了几个方案。

方案一：设置容易实现的短期目标，这样反馈周期短，能迅速见到成效建立信心。

拿减肥来说，不少人一萌发瘦身壮志就想着立刻减掉十斤二十斤，理论上来说这是不可能实现的。短期内暴瘦要么是玩命的自我摧残式训练（能做到这点的绝对不是意志软弱的懒人，不在此讨论范畴），要么就是罹患疾病，据说糖尿病就有此瘦身功能。如果从小处着手，每天转半个小时呼啦圈，或者二十分钟快走就比较容易坚持，循序渐进也是会瘦的，而且健康不反弹。

方案二：列举同期要做的所有事情，先做最要紧的。

有句话叫"成功总在工作之外的八小时"，一天二十四小时，八小时上班，八小时休息，另外八小时就是业余时间了。别说你忙，大家都要上班养家，都要操持家务，再忙晚饭后也有一段时间是属于自己的。

可是这段时间太短太宝贵了，事情又多，要刷朋友圈、要聊天、要看电影，还要吃零食冲咖啡。那么好吧，就把这些和你急需要完成的事一起列在纸上，从最重要的开始（认为聊天吃零食更重要的可放弃治疗，自动忽视以上建议）。

方案三：制定自我奖惩机制，以切实感受到肉痛为标准。付出的代价越大，完成的概率越高。

要早上6点起床，提前交给室友一百块钱，明确告诉室友如果自己没有准时起来，这一百块钱就归他了；要连续一个星期每天转半小时呼啦圈，交给闺蜜两百块钱，完不成两百块钱就无须归还；要加班完成这个月的任务？好吧，交给同事五百块钱。比起上面两个方案，这个方法更为简单有效，而且很容易找到"监督人"不是吗？

"既然有这么多方法，你为什么给患者推荐起床师呢？这和医院为了拿回扣滥开药品的无良医生有什么区别？"我质疑。

对此，沈佳的解释是找起床师既是外力干预，也是自我奖惩机制的升级版，有点破釜沉舟的意思。你起得来物有所值，起不来人家也不会退钱，大多数人仅从心疼钱这一点上就能准时起床。这也是为什么吃自助总比点餐吃得多，投了游戏币有事要走也得坚持打完的原因。

"还有一点，起床师是个新兴职业，大部分都是经济状况不好需要兼职的大学生，或者刚开始工作的年轻人。"沈佳狡黠地眨眨眼睛，"一个勤奋努力自力更生，一个安稳富足需要鞭策，这两个群体合作刚好可以达到双赢，何乐不为？"

我听了颇为意外，此女竟有如此情怀，敬佩之情油然而生。相比来说，我的境界就低多了：一个执证心理医师的治疗方案（要收费的），就被我这样面不改色毫无愧意地搬了过来。

懒癌只有两种结局，不在振作中康复，就在沉沦中病发。那么，你决定如何迈出第一步了吗？

从咸鱼到美人鱼，周星驰告诉我们的成功秘诀

　　春节假期结束后，我在亲朋好友中做了个小范围问卷调查，问大家除夕之夜都在干吗。"和家人一起吃团圆饭啊！"回答的语气是天经地义理所当然的。我又问："那大年初一呢？""当然是看《美人鱼》了！"这次回答更加天经地义理所当然，外加"这还用问"的鄙视。

　　我艳羡他们居然都买到了票，离《美人鱼》正式上线还有八小时的时候，预售票房已经突破1亿，多地出现一票难求的情况。在写下以上文字时，我又搜索了一下《美人鱼》的最新票房记录：截至2月19号晚18点累计票房已突破24.4亿，超越《捉妖记》成为内地影史票房记录最高的电影。

值得一提的是，《捉妖记》历时漫长的58天才达到的24.39亿的票房，《美人鱼》短短两个星期就轻松赶超无压力，并刷新单日华语片票房最高、内地影史票房最高等记录。这一切，除了影片本身和制作团队宣传，更大的号召力是因为周星驰本身。无厘头流派开山祖师，喜剧之王，周星驰在华语影坛的地位无可取代，对于大多数人来说，周星驰这三个字就足以让他们走进电影院。

众所周知，周星驰出身草根，他在接受采访时坦承自己是个小人物，这也是他塑造的经典形象都是小人物的原因。周星驰在单亲家庭长大，妈妈凌宝儿独立抚养包括周星驰在内的三个孩子，生活一度非常拮据。稍微熟悉周星驰的人，都知道他儿时认为最幸福的事就是吃一碗豆豉捞面，考香港艺员培训班时落榜成为梁朝伟"陪考"，也早已不是秘密。等他千方百计终于有幸进入影视圈后，迎接他的却是将近十年的龙套生涯。

那么问题来了，从《射雕英雄传》里的宋兵乙到今天地位无可撼动的"星爷"，从万年难以翻身的"咸鱼"到今天的问鼎内地影史票房冠军的《美人鱼》，周星驰是凭借什么成功的呢？

一、为什么坚持，想一想当初

熬过黎明前的黑暗，坚持不放弃，这几乎是所有成功者的共同前提，天将降大任于斯人也，当然要先从各方面考核你的才华意志综合实力，第一道关口就是看你遇到挫折能否坚持下去。

周星驰不幸沦为"陪考"后，第二次终于如愿考进香港艺员培训班。这一年周星驰出演了不少打酱油的龙套角色，后来被调去主持儿童节目《430穿梭机》。又一年很快过去了，先他一步的梁朝伟已经晋升当红小生，而他依然原地不动，每天和小朋友们一起录节目。演戏是他的梦想，周星驰内心非常渴望转型做回演员，这个心愿直到六年后才得以实现。

六年的时间是相当漫长的，如果一个人在不喜欢的岗位上工作六年，内心的激情和信念恐怕都会被消磨殆尽。很多大学生刚毕业时信心满满，打算进军自己属意的行业厮杀打拼，成就一番伟业，在现实中屡次碰壁后不得不妥协选择了别的行业。这样的选择直接导致了多数人放弃初衷，当初的豪情壮志不了了之，离梦想越来越远。幸好，周星驰不是这样。

周星驰在主持少儿节目的间隙里，总是想方设法在各大剧集中寻找演出机会，扮演有时连面孔都看不清楚的路人甲乙丙丁。在看不见前途的黑暗日子里，周星驰一直默默努力着，积蓄着。在一个偶然的机会下，他终于被导演李修贤发现，出演了第一部电影《霹雳先锋》，并一举夺得香港电影金马奖最佳男配角的奖项。此后，周星驰相继出演了《盖世豪侠》《他来自江湖》等电视剧，为他的演技打下了坚实的基础。

多年后，一名女记者采访已经成名的周星驰，采访结束后请他在照片上写点什么留念。周星驰想了想，认真地写下："为什么坚持，想一想当初。"这当是他熬过十年籍籍无名的信念和支撑。

如果他在主持《430穿梭机》时放弃了当演员的梦想，我们会知道一个叫周星驰的少儿节目主持人吗？恐怕身在内地的我们连看到他节目的机会都没有。

二、凡事都要做好"一点点"

周星驰做事认真力求完美，就算是最微不足道的小角色也会调动所有的潜力来出演。比较著名的是出演射雕里的宋兵乙时，周星驰向导演建议死之前能不能用手挡一下，因为这样显得更真实。导演当然没有工夫搭理一个群演，于是周星驰就那样直接挂了。

在82版《天龙八部》第23集，萧峰率领燕云十八骑上少林寺，周星驰就是其中之一。其中有个镜头拍萧峰被众人指责，他上前一步欲为其申辩，被萧峰挥手拦住，于是周星驰连一句对白都没有就低头退下了。由于他站在萧峰背后，镜头几次拍到了他。如果你翻出旧片细看，就会发现周星驰的表情随着主角的表演和情节的推进在不断变化。没有台词对白，没有镜头特写，周星驰也在尽最大的努力演好自己的角色。

等到终于有机会参演一些比较重要的角色时，周星驰的想法更多了，一会儿"导演我这样可不可以"，一会儿"导演我觉得台词有问题"。为了达到更好的效果，他不断改剧本，《唐伯虎点秋香》基本就是他自己想剧本想台词。到了《九品芝麻官》，他索性连灯光美术都一手包办，被大家称为"太上导演"。

《少林足球》是周星驰独立执导的第一部电影，他越发精益求精。一个普通的镜头，别的导演拍两三条基本都能过，只有周星驰会不停NG。其中少林足球队和魔鬼队决战的一场戏，短短二十分钟，周星驰却拍了一个多月，演员们苦不堪言。

大家都觉得已经很好了，他还是要求大家演得再好一点儿，哪怕好一点点就行。在周星驰这样的严格要求下，《少林足球》横空出世，囊括金像奖多项大奖。那一年，周星驰已经四十岁，他领奖是打车去的。

到了《功夫》《长江七号》和《西游·降魔篇》，周星驰的认真劲儿有增无减，平均三年才细细打磨出一部作品。《美人鱼》风头正劲，邓超在接受采访时爆料，为了拍和美人鱼一起吃烤鸡那场戏，他前前后后吃了150只烤鸡。网友大呼好羡慕啊，但我估计邓超这辈子都不想再吃烤鸡了。

"凡事都要做好'一点点'，有时候我也不知道哪一个'一点点'是有影响的，但反正全都要做好一点点。"周星驰自己说。正是这种精神，才使得他每一部作品都被大众喜爱奉为经典。

其实无论从事哪个行业，严格要求，精益求精都是做到更好的不二法门。

三、不能再跑龙套了，我一直在后面，我要站前面

从"咸鱼"到"美人鱼"，周星驰本身就是一个大写的励志。广大观众这么喜欢他，除了影片本身以外，我想这也是很重要的因素。接受柴静访问时，他回忆起早期那些年，难得地袒露心声："不能再跑龙套了，我一直在后面，我要站在前面。"

我一直认为，一个人要成功，要实现自己的理想抱负，除了天分、努力、坚持等等，还要有强烈的想要实现的欲望。如果这些都具

备，全世界都无法阻止你成功。

周星驰正是这样一个人，他渴望当演员就去报班，一次考不上考两次；他想转行做回演员，就利用主持空闲时间当群演；他想导演自己的影片，就不计报酬地先当"太上导演"，不但情节台词灯光美术，连后期的配音、剪辑都要管；他想站到前面，现在不光挤进前排，还遥遥领先。

人生需要目标，野心是朝目标前进的动力。我们只有强烈地渴望得到什么，才会积极主动地争取。

这个世界上没有无缘无故的爱，也没有无缘无故的恨，更没有无缘无故的成功。阻力那么多，坎坷那么多，怎么才能最终抵达成功的彼岸，周星驰就是我们的答案。

你对自己不够狠，就别怪生活对你狠

　　林子大了什么鸟都有，朋友圈也是一样。尽管我一再谨慎验证好友，还是难免百密一疏，混进来不少炫娃狂魔、养生专家和卖面膜的。如果你也有此不幸遭遇，当能感同身受，这些人基本都是一言不合就敢找上门来的多年故友，屏蔽不得，拉黑更不行。

　　我只好选择做忍者神龟，只要装聋作哑一潜到底，上述种种也能勉强忍受，真正让我抓狂的是另一种"为你好"的朋友。很不幸，白薇就是这样一位"善解人意"的女性。白薇崇尚淡泊、悠闲的生活，经常劝我不要熬夜赶稿，要爱自己，聪明的女人都会偷懒，蠢女人才做"拼命三娘"。

　　我忍不住回了一次："不熬夜，怎么写得完？""那就少接一些稿约呀！"她理所当然地说。我又回："少接可以，钱不够用怎么办？""不够用就省俭一点儿呀，生活其实并不需要太多钱，粗茶淡饭一样可以过得恬淡悠然。"白薇的话让我诧异，"生活其实并不需要太多钱"，难道我们不是生活在同一个星球上吗？

你挣钱的速度，一定要赶得上父母老去的速度，初见这句话就被击中了内心，细想又岂止于此？在现实的压力之下，我们赚钱的速度不但要赶得上父母老去的速度，还要赶得上孩子长大的速度、物价疯长的速度。在我们的生活中，这些庞大开支客观存在着，不管主动还是被动，你都得一一买单。

"你自己可以粗茶淡饭，爸妈一把年纪陪你喝粥，你还能做到恬淡悠然？"我恶毒地刺穿她自欺欺人的肥皂泡，"你家宝宝明年就上幼儿园了吧？行，咱不上贵族的，才艺班总得报吧？对了，你家房贷还有几年还完？""就因为生活已经这么不容易了，我才要多爱自己一点儿，难道这也有错吗？"白薇生了气，她的生活其实并不如状态上发的那么写意。

我叹了口气，爱自己当然没有错，但我们不应该溺爱自己。白薇的根本问题和很多人一样，把生活中的常态当成了努力。像她这种情况，在《杜拉拉升职记》里最多活两集。我有个工作狂表姐，人送外号"灭绝师太"，那才称得上真正意义上的努力。如果白薇在我表姐手下工作，会有一千个伤心的理由，并且哭得很有节奏。

我刚毕业的时候，正是我表姐创业初期，于是叫我过去帮她一阵。我报到那天，几个同事都用充满同情的眼光迎接我。开始我还有点莫名其妙，后来才明白其中深意。

当天下午5点时，几个同事还在电脑前埋头工作，没有打算下班的意思。我率先打破僵局，站起来伸个懒腰："下班了，你们还不走吗？"几个同事面面相觑，离我最近的一个女孩子用脚踢我，同时拼命向我挤眼睛。我还没反应过来怎么回事，这时表姐在我身后说："下什么班？又没有男朋友等着约会，继续干活！"

那时我才知道，跟着表姐加班就是常态，准时下班才是偶尔的奖励。有次赶上交方案，全体人员被通宵留在公司，那天可是2月14日情人节啊！我有了前车之鉴没有表示异议，免得被她说一个男朋友都没有的人过什么情人节？但是有个女孩子不同，人家的男友已经开好房间，订好了香槟玫瑰。

那女孩向我表姐请假，我表姐居然不准，理由是方案里有个重要环节是她负责的，她走了明天就无法准时递交。女孩脱不了身，只好打电话和男友解释，男友在电话里就翻脸吵了起来，称不来就分手。看得出那个女孩很爱男友，当时什么也不管了，抓起包就打算去宾馆。

我表姐两手抱在胸前，冷冷地说："你现在走，就算你辞职，我可以把工资即刻结算给你。"那女孩愣住了，最后一屁股坐在椅子上，放声大哭起来。按说表姐这个举动足以引得人神共愤，但所有人都知道这个方案的重要性，居然没有人出来锄强扶弱主持正义。

那个决定公司生死的方案，是在2月13日黎明到来时完成的。所有人都困得只剩半条命，只有表姐美目清澈，炯然有神。后来公司运营逐步走上了正轨，那个情人节加班的女孩成了我表姐手下最得力的干将。

"如果一个男人真的爱你，他就会设身处地为你着想，而不是急着睡你。"这是表姐当时给那个女孩的忠告，我一直引以为鉴。后来那个女孩果然被分手，又一次印证了工作远比男人可靠。

表姐对员工要求近乎苛刻，大家却心服口服，因为她对自己更狠。忘了说，表姐创业的时候，孩子还不到两岁，老公在国外。我表姐和表姐夫是大学同学，别人毕业就分手，他们毕业就结了婚。表姐夫出国留学后，人越来越忙，电话越来越少。

女人的直觉是敏锐的，据说每一个调查丈夫婚外情的妻子都是福尔摩斯。表姐根本还没来得及施展十八般武艺，表姐夫就主动坦白，说他出国后和表姐共同话题越来越少，在那边爱上了一个金发碧眼的女同学。至于这段婚姻结束还是继续，他尊重我表姐的意思。这还叫尊重她的意思？我表姐内心里一万只草泥马奔腾而过，这个男人吃定她会选择离婚。

表姐的决定出乎所有人的意料，大意和马伊琍的意思差不多，恋爱虽易，婚姻不易，且行且珍惜。这让表姐夫着实意外，却也无可奈何，一个人灰头土脸又飞了回去。我曾问过表姐怎么想的，她回答："就算要离婚，也得由我来提，而且要高高在上地提出来。"

为了达到"高高在上"的程度，我表姐开始奋发图强，自主创业。那是一段昏天黑地惨绝人寰的日子，表姐白天在外面是一副雷厉风行的女强人形象，晚上则抱着孩子偷偷哭泣，头发大把大把地掉。

我一度非常担心，她最后会不会变成秃子。

时至今日，表姐不但没有变成秃子，反而更加光彩照人。她工作时杀伐决断果敢自信，生活中知情识趣娇媚动人。表姐夫和她的话题又多了起来，跟洋姐分手回国后一直想搬回家住，表姐都没同意。

最近不知道谁放出的风声，忽然一夜之间大家都知道了她的婚姻其实名存实亡，追求者顿时蜂拥而至。表姐夫如临大敌，每天各种焦头烂额，正在发动亲友团助战众多情敌。我问她已经高高在上了，下一步会不会离婚。表姐认真想了想，轻描淡写地说她已经能完全掌控自己的生活，离不离都不重要了。

我无意评价表姐的婚姻，我想说的是如果这几年表姐没有对自己如此之狠，那一定不会有今天完全翻盘的局面。

世界允许不一样的存在，你可以奋发图强，也可以苟且偷安；可以活得明白通透，当然也可以粉饰太平，自欺欺人"生活其实不需要太多钱"。只是，困难和挫折终究会在命运的某个路口与你狭路相逢。希望你到时能有非常非常良好的心态，不要叫苦，不要喊疼。

你没有对自己狠过，就不要抱怨生活对你狠。

她们爱的是奋斗中的灰太狼

　　我师兄最近在某网站开了个情感专栏，虽然大学读的是动物科学专业，业余研究周易风水，但一点儿也不妨碍他为恋爱中的痴男怨女答疑解惑。平时来咨询的以女性读者居多，毕竟女孩子大多患有不同程度的公主病、玻璃心等隐疾，约会时吃西餐还是吃中餐都会上升到他是不是不爱我了的高度，尤其需要像我师兄这样的情感导师时时提点。

　　这种情形在临近春节时忽然发生逆转，相当一部分女生不愿跟男友回家过年，有的甚至当断则断选择分手，于是一大拨受了伤害的男生向我师兄涌来，留言板块差点被挤爆。我闻讯跑过去看，发现正所谓幸福的人生总是相似的，而不幸的人生却各有不同，男生们有的拍案而起怒发冲冠，有的捶胸顿足声泪俱下，控诉的槽点五花八门，比起女生有过之而无不及。

师兄大致归纳了一下，把他们分为貔貅男、鸵鸟男和孔雀男。

一、貔貅男

貔貅男望文生义，一看就知道是出手不怎么大方的，代表人物为一个叫"攒钱娶你回家么么哒"的网友。该网友和女朋友是大学同学，毕业后远离家乡，选择在不相信眼泪的北上广打拼。两人白手起家，相濡以沫，本来打算今年春节回家订婚，结果女友忽然提出分手，理由是和他在一起生活质量太低。

"工作三年，我好歹也存了十万块钱了，结婚时双方父母再出点，婚房的首付就有了，多少人结婚后还租房子住呢！就这她还嫌生活质量低，她是不是搭上有钱人了？"该网友愤愤不平，委屈至极。乍一听这女孩有点作，师兄水准到底不俗，一针见血地问他每月收入多少，这十万块钱是他一个人存的，还是和女友一起存的。

"当然是我们两个人一起存的，不过我管钱，她大手大脚的，手里有钱就闹心，非得花出去才消停。"该网友说他和女友起步阶段月薪只有三到五千，换了其他人，这个收入在一线城市交了房租、水电费、网费、电话费，基本也就只剩活命的饭钱了。

可是他不同，早在一参加工作之初，他就开了一个特别账户。在他的精打细算之下，居然每月都能存进去不小一笔钱。三年过后，卡里就有十万之多。我当时就感到震惊，继而惭愧。我收入比他还略丰些，至今一文不名，有时甚至会断了隔夜粮。师兄又问他具体是怎么理财的，我赶紧抱着学习的态度往下看，哪知越看越心惊，最后出了一身冷汗。

该网友攒钱的绝招就一个字——省，能不花的钱坚决不花，不得不花的钱尽量少花。他们基本不在外面吃饭，因为又贵又不卫生；也从不去电影院看电影，家里电脑上就能看，何必再花那个钱，想躺着还可以用手机看；他个人仅装备两套上班的正装，考虑到女孩子爱美，女友有三套；至于同事聚会能推则推，反正就是一群人鬼哭狼嚎地唱歌，连说话都听不见，也没什么意思……

他得意洋洋分享自己的经验，哪家商场的洗发水、生活用纸便宜，哪家即将开始促销，当然最便宜的还是网购。他攒了不少优惠券，一元抢购时犹如刘翔附体，冲锋陷阵为女友拍了不少姨妈巾。"我还不是为了攒钱结婚吗？我自己省吃俭用，攒的优惠券都给她买东西了，我对她还不够好？"他振振有词，非常无辜。

我一口老血差点喷出来，人家姑娘的钱归你管，一年到头三套衣服，不看电影不唱K，姨妈巾都用促销的，婚房首付还得双方父母凑，大哥，你是长得有多帅啊？

二、鸵鸟男

比起上面那位网友，"陪你岁月静好"就非常靠谱且懂生活了。

"陪你岁月静好"真名叫何帆，出生在一个普通家庭，可是猪笼草里冒出棵剑兰，他从小就对琴棋书画有浓厚兴趣。钢琴、小提琴是买不起的，买了也没钱请老师上课，好在母亲单位看大门的大爷吹得一管好箫，书法也写得像模像样。母亲买了两条好烟，何帆就拜了那人为师。

一转眼，当年的文艺少年已经长成了文艺青年。何帆读了个不好不坏的学校，毕业后找了份不好不坏的工作，女友是他单位的同事。平心而论，在当今物质社会还能欣赏何帆的文艺才华，这女孩子也是难能可贵的。

何帆虽然钱不多，不能带女友去高档场所送昂贵礼物，可是有情饮水饱，他写字她研磨，他吹箫她聆听，也算举案齐眉琴瑟和谐，在现代社会里演绎了一段才子佳人的佳话。事情出在单位的进修名额上，上百号人，三个出国深造的名额，其竞争之惨烈可想而知。何帆本来是有机会的，在这样的"大争之世"，眼看着别人上蹿下跳，神机百出，他却选择了"不争"，于是理所当然地失去了这次机会。

这下女友怒了，决绝提出分手。"我并没要求你飞黄腾达，大富大贵，可是人往高处走，有机会你总得争取。你不为自己打算，也得为我们的将来打算，我可不希望一辈子过这样的日子，更不想让我的孩子也过这样的日子！"这是女友的原话，师兄回复说他觉得这女孩子说的并没有错。

"她说要和我一起看花开花落，云卷云舒，现在却要求我像那些俗人一样争权夺利，难道这就是她爱我的方式吗？谁说有钱才能幸福？钱能解决所有问题吗？"何帆输入法用的是手写，隔着屏幕，都能让人感受到他隽永字迹中的淡淡忧伤。

"钱不能解决所有问题，但能解决大部分问题，你应该先把这一大部分解决掉。你想看云卷云舒了，不得找个山清水秀的地方度假吗？在家你只能看到雾霾。"师兄四两拨千斤，何帆一下被噎得说不出话来。

追本溯源，我觉得这事怪他妈，居然在塑造价值观的关键时期让他师从看大门的文艺大爷。如果是我儿子，我宁愿他去上蓝翔技校。

三、孔雀男

如果说貔貅男鸵鸟男被甩事出有因，"富二代"公子骆就显得有些无辜了。公子骆原名沈骆，家里是卖海鲜的，虽然不是38元一只的青岛大虾，可也不便宜。沈骆一惯出手大方，在朋友圈里的号召力不同凡响，小伙伴们以前都叫他"土豪骆"。最近《芈月传》热播，剧中大家子弟多在名字之前冠以公子，以显尊贵，于是就改叫"公子骆"了。

沈骆的女朋友闺名叫诗诗，妙在姓唐，长得也像从唐风宋雨中走出来的一般，曼妙清纯。诗诗读的艺校，有次同学过生日，地点就在沈骆家的酒楼。沈骆一见诗诗惊为天人，自此开启霸道总裁爱上她的模式，情人节三八节植树节送名表送包包送巧克力，生理期送姜糖水，终于赢得美人心。

　　然而好景不长，沈骆和诗诗的爱情只维持了半年，诗诗忽然提出分手。沈骆追问原因，诗诗说沈骆和她不合适。沈骆很快就发现与诗诗更合适的那个人是谁了，一个长得像金城武，家里持有影视公司股份的师兄。沈骆以前虽然也交了不少女朋友，这次大概真的走了心，故此无比伤感。

　　"我对她是没得说，对我妈都没这么好过。平常买东西就不说了，上次影视圈里有个什么盛典，她找到了途径能参加，一套礼服四万多，我卡刷爆了眉头都没皱一下。我对她掏心掏肺，她还有什么不满足呢？"由此可见公子骆真的恋爱了，也证明男女在生理上是平等的，恋爱时大脑都会分泌多巴胺，导致智商明显下降。

　　以色侍人者，色衰而爱弛；以财侍人者，财尽则爱绝。沈骆出身貌似不错，但一遇到劲敌立刻相形见绌，属于"伪土豪"，师兄把这一类归为孔雀男。下次再去动物园看孔雀开屏时，你绕到后面一看就会知道，孔雀的华羽实在捉襟见肘。尽管它把雀屏装点得雍容华贵绚丽夺目，屁股却是光秃秃的。

　　"一件五万不到的礼服就刷爆了你的卡，等她毕业后进军影视圈，你能为她提供什么助力呢？要么忘了她，要么努力奋斗吧，等你从'公子骆'一路升级，最后通关成为'公子聪'，估计就没有比你更合适的人了。"师兄如是回复。

　　师兄的回复都是量身定制的，他劝貔貅男钱财如流水，流动才能汇聚更多，封存则沦为一潭死水。与其以牺牲生活质量节流，不如理财开源；提醒鸵鸟男不要错把庸碌当淡泊，现实中的一些问题无可回避，不会因为你把头扎进沙子里就不存在。

很多网友表示质疑："可是她们整天嚷嚷嫁人就嫁灰太狼，灰太狼还不是那个熊样，一只羊也没抓到过，怎么到了自己就区别对待呢？""灰太狼虽然没有抓到过羊，但从来没有放弃过，在屡败屡战的过程中还会抓几只青蛙带回家，她们爱的是奋斗中的灰太狼。"

我看后不禁叫好，这才是问题关键。勤勉奋发是一种可贵品质，更是一个人成功的根本。在这个不断进步的过程中，所有问题最终都会得到解决。你实现了开一家公司的梦想，那么衣食住行生活开支还是问题吗？看到你一直在掏心掏肺，一直在努力，你的红太狼又怎么会掉头而去呢？

什么？你说诗诗？这世界上有一种女子，注定不会只属于一个男人。她们美丽妖娆，扇动着镶满钻石珠宝的翅膀，在有钱人和更有钱的人之间蹁跹起舞。如果你喜欢的是这种靠吸食金钱为生的欲望蝴蝶，那么不必掏心掏肺，还是不停地掏钱吧！

不用付出就能收获的，只有皱纹

　　我过生日的时候，除了身边一帮损友，远方的朋友们也纷纷通过QQ微信邮箱各种途径发来贺电。就算那些美好祝愿打折实现一半，我也会毫无疑问地成为整个银河系最幸福的人。如果只能挑其中一个实现，我想我会惭愧但坚定不移地选择周妙发来的祝福：祝你不劳而获，坐享其成！

　　这绝对是我听过的最美好的祝福啊，而且说出了大家的心声啊！只是周妙有过落难凤凰的经历，原本戏谑的调侃，由她说来就有了不同的意味。

　　严格来说，周妙也不算那种含着金汤匙出生的孩子。她爷爷辈是做小生意的，到了爸爸手里发扬光大，挣扎到了比大部分家庭都要优越的程度。因为周妙的妈妈去世早，爸爸再婚后觉得对不起女儿，出于弥补心态才格外舍得为她花钱。

周妙从小就有专门照顾她的保姆，长到十六岁没有自己洗过一只袜子，吃穿用度的标准也远远超过了本身所属的阶层，直接向更高端的富二代看齐。对于周妙的富养，继母一度颇有微词。如果不是周妙的爸爸后来投资失败，她的幸福生活会一直继续下去的。

2008年奥运会申办成功的时候，首都绿化需要大量草坪，周妙的爸爸和一个生意上的朋友就合伙包地种草坪，结果后来"七分树三分草"的政策出台，两人赔得血本无归。周妙的爸爸不甘心，卖掉房子要东山再起，于是他们一家就搬到了出租房。覆巢之下岂有完卵，周妙的生活水准肯定是保持不下去了。

这还不是最糟糕的，保姆辞退后，继母并没有承担起家务的打算，周妙从养尊处优的千金小姐直接沦为了被迫害的灰姑娘。我担心她一下接受不了，有次去看她，正撞上周妙在洗一家人的衣服。继母一边煲电话粥跟朋友吐槽现在过得水深火热，一边抽空叮嘱她："周妙啊，洗完衣服赶紧拖拖地。"周妙没有废话，答应一声继续卖力洗衣服。

我既心疼又为她抱不平，加上当时年龄小境界低就煽风点火地说："凭啥呀？你还得学习呢，时间太宝贵了！洗你和你爸的就成，她的衣服让她自己洗，她没长手啊？""你看你这么说就不对了，心态一点儿都不端正。"周妙一本正经地教训我，"纵观古往今来，谁有后妈还不得受点迫害呀？有后妈而没有迫害的人生是不完整的！"

我正要说话，这时周妙继母的牌友按图索骥费尽周折找来了，探着脑袋问："小姑娘，你妈在家吗？"周妙恭顺有理地回答："请叫我白雪公主，我母后在屋里打电话呢，你进来吧！"那女人进去了，经过周妙身边时一脸看到智障儿童的怜悯同情。我忧伤地看着她，周妙要不是发烧，就是刺激过度精神出毛病了！

"你以为我脑子出问题了？"周妙灵透，一眼看穿我在想什么。"难道没有吗？"我忧心忡忡，"遇到这样的变故，正常的反应不是痛哭流涕无法接受吗？你现在的表现有十分明显的受虐倾向啊！"周妙长叹一口气，说："已经在没人的时候痛哭流涕过了，哭饿了还得自己爬起来弄吃的，该洗的衣服还是没人洗，解决不了任何实际问题。"

"至少让你母后大人分担一些吧，你爸以前那么宠你，现在都不管了吗？"我还是忿忿不平。周妙往屋里努努嘴，感慨万千："你听听，她觉得自己已然在牺牲奉献了呢，天天过着第三世界水深火热的生活。现在她没卷铺盖奔向美好而罪恶的资本主义，全靠我爸颜值高啊！在这个当口，我哪能再给他添乱？她要真一怒跑了，我还得给我爸张罗再找个女朋友……"

我听得唏嘘不已，深感周妙的不易：摊上这么能折腾的父母，真是让孩子操碎了心啊！

这样的生活持续了整整两年，周妙的爸爸终于东山再起，并且狠狠赚了一笔。一家人搬回了之前的大房子，请了司机请了保姆，周妙又过上了养尊处优的生活。当时她给我打电话，发自肺腑地说："不劳而获的感觉真好啊！以后我每年过生日，不要祝我生日快乐，也别祝我仙福永享寿与天齐，就祝我不劳而获、坐享其成吧！"

然而，周妙仅仅享受了一个星期坐享其成的日子，就不顾爸爸的阻拦和继母的"挽留"要搬出去。那时候周妙大学刚毕业，还没开始工作，爸爸死活不同意。父女俩唇枪舌剑兵来将往拍桌子砸板凳，最后各退一步做出妥协：周妙可以搬出去，但必须进爸爸指定的公司，并且住公司提供的宿舍。

那是周妙爸爸一个朋友开的公司，周妙进去后并没有刻意隐瞒这层关系，反而高调拜访"经理叔叔"，并以此很快和各个部门的主管建立了深厚的革命友谊。这一点，让周妙爸爸老怀宽慰，他本来还担心周妙要学一些励志富二代玩潜伏，不靠他的人脉关系闷头吃苦呢！但是，就在大家以为又来了一个蹭经验体验生活的大小姐时，周妙的表现令所有人大感意外，瞠目结舌。

有了之前两年的"历练"，周妙照顾自己的生活游刃有余，腾出了更多时间投入到工作中。她每天第一个到公司，最后一个离开公司，勤奋得"令人发指"。遇到难题，周妙绝不拖延回避，不耻下问的姿态能低到尘埃里。在那几年，周妙就是传说中"比你有钱比你优秀还比你勤奋努力的人"。

　　所有人都不理解，一个家境这么好的女孩为什么还要这么拼，包括周妙的爸爸。"你说，妙妙是不是没有安全感，怕再过那种没有钱的日子？"周妙的爸爸曾私下问我，他对自己投资失败那件事深感内疚，认为那件事给周妙留下了无法磨灭的心理阴影。我一边羡慕别人家的爹，一边回答："年轻人吃点苦不算什么，何况也有收获，妙妙现在勤奋努力总归不是坏事吧！"

　　周妙的爸爸摇头："你还小，你不懂，哪有父母真想自己孩子吃苦的？自身没有机会了才会寄望孩子出人头地光宗耀祖，但凡行有余力，做父母的都会安排好孩子的将来。我不希望妙妙做什么大事业，成什么大人物，她一生平安快乐就好。"周妙爸爸的弥补方式老套而缺乏新意，却让人艳羡不已，他给周妙存了一笔足够她后半生衣食无忧的巨款。

　　后来周妙拿着那笔钱创业，打拼几年后有了一家属于自己的小公司。有了安身立命的根本，周妙的脚步才逐渐慢下来，朋友圈里也偶尔能看到她喝着咖啡享受静谧时光的照片了。上帝不会亏欠每一个努力的人，月老也不会。周妙恋爱了，对方是她创业初期的竞争对手，后来成了朋友，再后来又成了恋人，去年终于成了夫妻。

　　周妙结婚的时候，请我做伴娘。我们在婚纱店试礼服的间隙，周妙忽然问："你还记得方皓吗？"我努力回想了很久，才想起那个高我们一届喜欢穿着阿迪达斯打球的男生。

　　平心而论，方皓那种家里有点钱长得还有点帅的男生还是很招人的，只不过我当时特别倾慕有才华的寒门才子，所以对他不大留意。等等，周妙在大喜的日子里提起方皓是几个意思？

果然，周妙有点不好意思地承认当年比较"肤浅"，曾经暗恋过方皓。因为"门当户对"，两人的共同话题比其他人多，方皓也毫不掩饰对她的好感。有次方皓送她回家，骗她看树上的小鸟时趁机亲了她一下，两人就此展开了小恋情。我无比震惊："我怎么一点都不知道？你潜伏得很深啊，翠萍！"

"没来得及啊，没多久我爸那边就出事了，我们搬到了出租屋。方皓去出租屋找过我一次，然后就再也没来过了。"时隔多年，周妙再说起这件事看似云淡风轻，笑意里依然有藏不住的伤感。

我不禁动容，我那时非常担心周妙适应不了生活上的巨大落差，却不知道她内心遭受到的伤害更大。那些漫长、孤独、凄惶的日子，周妙要怎样咬紧牙关才扛过来的啊！

"其实我很感谢那两年艰苦的生活，爸爸的失利让我看清楚很多事。我也不恨任何人，后妈能陪我们熬到最后也算患难与共不离不弃了。至于方皓，他的出现只是为了给我上一课吧！他让我明白离开我爸爸、离开我家的钱，我什么都不是。"周妙说这也是爸爸生意好起来后，她坚持要出去做自己事业的原因。

"大树底下固然好乘凉，可是离了大树也就失了庇佑，就算我能继承我爸所有的财产，但尊严和本事是无法继承的。还不如我自己栽棵小树，再不济也得挣回一把小伞吧！"周妙笑笑说。

　　我听得毛骨悚然，连能坐在大树底下乘凉的人都去栽树了，多少女孩还跋涉在嫁入豪门改变命运的路上，更有饥肠辘辘的人望天傻等，希望掉一个三鲜馅的大肉饼下来。她们哪里知道不劳而获和万事如意一样，只是人们想象中的美好愿望。

　　从某种意义上来说，这个世界是公平的。能继承的是财产，不是能力，用色相换来的是恩宠，不是爱情。一分耕耘一分收获，不用付出就能得到的大约只有皱纹了！

CHAPTER 2

搏上一切，或拼到一无所有

如果你想翻墙，

请先把帽子扔过去。

要翻墙，请先把帽子扔过去

　　表妹要开一家西饼屋，跑了几天选中两个铺面，拿不定主意租哪一个，于是找我商量。我详细问了问，得知一个在刚开发的小区门口，附近有家医院，属于由冷变热的区位，另一个在万达广场对面，不远处就是本市最大的儿童公园，地段和顾客群都没得说，数一数二的黄金旺铺。

　　"这还需要考虑吗？当然租黄金旺铺了！"我不假思索地回答。"我当然也想租旺铺，可是租金太贵了，整整占我总投资的三分之二。小区那边就便宜多了，可我又怕没有生意，"表妹犹豫不决，探过头来问，"姐，你探望病人会买奶油派和小酥饼当礼物吗？"

　　"不会，我一般买鲜花和养生礼品盒。"我实话实说。表妹不死心："刚好经过一家西饼屋，你也不会买吗？"我翻了个白眼："购买是有主观意愿的好不好？难道经过一家花圈店，我就顺便买个花圈？"表妹哀号一声扑在沙发上，活脱脱一个徘徊在丈夫与情人之间的女人，纠结至死难以抉择。

我看不过去，于是说："你把铺面租下来再说，不够的我们再想办法，难道有了铺面，还开不了张？""那肯定要借不少钱，装修、置办桌椅、烤箱，还要有一部分流动资金，万一经营不好怎么办？"表妹从小忧患意识就强，现在考虑事情越发周全了。

"西方有句谚语，如果你想翻墙，请先把帽子扔过去。这在心理学上叫作自我逼迫，就算墙再高再难翻，你也会想办法翻过去的，因为帽子在那边，你别无选择，"我替她分析，"同样道理，你投入了那么多钱，也一定会想办法把西饼屋经营好。而且这远没有翻高墙那么难，那么好的地段，一定会赚钱的嘛！"

"不是说，不能把所有的鸡蛋放在同一个篮子里吗？"表妹找出理论根据对抗我的"扔帽子"观点。我瞪视她："你的鸡蛋够分好几个篮子的吗？""不够。"她气馁。我两手叉腰，大声说："这不就行了，人家那是金融投资，你是凑钱开店，两者有可比性吗？蛋不够还扯什么淡啊？"

那天表妹在我振聋发聩的激励下做出了决定，租下万达对面、毗邻儿童公园的黄金旺铺。当然，我不得不把仅有的积蓄借给她，帮助她把西饼屋开起来。条件是在她还钱以前，我可以一天24小时坐在西饼屋里吃东西，不用付钱。

　　生活中需要我们做出抉择的时候太多，尤其面临重大决策，考虑起来前怕狼后怕虎，反而处处掣肘，未必是好事。这时如果自己斩断退路，奋力一搏，反而更容易成功。十多年前，我一个同学的爸爸就曾经遭遇这样的关口，他的决断和坚韧让我至今想来依旧敬服。

　　我同学叫周妙，家里做生意的，她的零食和书籍永远富裕到过剩。那段时间，我们几个要好的同学总喜欢在她家逗留。周妙的妈妈是继母，对我们爱搭不理的，但是她爸爸非常热情，好吃好喝招呼完还谢谢我们陪伴周妙。

　　那时候大叔还没现在流行，但周叔叔还是以英俊的外表和成熟的魅力俘获了我们的少女心。我们几个当时都非常羡慕周妙，甚至多年后提起某个男神还会说："真不错，有点周妙她爸当年的神韵……"按照我们那个年龄的思维，嫁给这样的男人做梦都会笑醒，所以那天撞见周妙的继母和他大吵大闹，东西摔了一地，格外疑惑不解。

　　关上门，周妙才告诉我们怎么回事。当时北京因为申奥成功，为了迎接奥运会加大了绿化力度，草坪一下紧俏起来。不但需求量大，而且价格一路走高。她爸瞅准商机，结束掉之前的生意，跟另一个朋友合伙包了500亩地种植草坪，打算进军北京市场。结果草坪种出来后，正赶上"七分树三分草"的政策出台，用量骤减导致价格暴跌，她爸被坑惨了。

　　"有多惨呢？"我们关心地问。周妙忧心忡忡地说："他们种的时候20块钱一平，现在还不到5块，反正我爸这些年挣的钱都赔进去了。""啊……"我们面面相觑，不知道如何安慰周妙。"那你后妈也不该和他吵架，难道她嫁给周叔叔就图他的钱吗？"我有些忿忿不平。

"其实这次也不全怪她，"周妙居然为继母说话，"我爸那个合伙的朋友撤资不干了，但我爸说现在收手，场地租金和前期投资都打水漂了。虽然绿化草坪用的少了，可是各地足球场和高尔夫球场的市场非常可观，他要把房子卖了，再种一批足球场地的专用草坪。""啊！"这次我们彻底震惊了。

"钱赔了就不说了，我嫁给你也不是图你的钱，可你现在是要卖房子啊！你就算不考虑我，也不考虑妙妙吗？你能保证这次一定能成功？万一再赔了怎么办？"周妙拉开一条门缝，我们看见她继母像愤怒的狮子，眼睛都红了。

"如果我跟你说百分百没问题，那就是安慰你糊弄你，这世界上什么时候有过零风险的生意？但我可以跟你保证，最多两年，我一定可以把这栋卖掉的房子给你买回来！"周叔叔冷静坚定，极力克制情绪起伏，"国外有句谚语，'如果你想翻墙，请先把帽子扔过去'，这就是置之死地而后生。我现在把帽子扔过去，那道墙再高再难，我都会拼了命翻过去的！"

那是我第一次听到这句谚语，再加上由男神周叔叔掷地有声地说出来，尤其感到震撼，以至后来影响我很多年。周叔叔该说的说完，转身就出去了，周妙的继母"哇"的一声哭出来："你这是把帽子扔过去吗？你连裤衩都扔过去了！……"

周妙家的房子还是卖了，她家搬到出租房后，我们又去过一次。

自然是今非昔比了，不光地方局促，零食和书籍也少了许多。大家唏嘘感慨，毕业后各奔东西，见面就越来越少了。我着意打听周妙一家的消息，得知他们在出租房住了两年后，果然又搬回了原来的家。

我们做一件事之前，总是习惯权衡得失，计算掂量。事实上无论做什么事，都不可能是全无风险的，而且希冀得到的回报越大，通常风险也就越高。这种时候，除了专业评估，自身实力，那种全力以赴背水一战的决心同样重要。

前不久，我借着出差的机会去看望周妙，发现她家又换了大房子。周叔叔不在家，周妙的继母也有客人。几个穿着皮草的阔太，正抱着各自的名贵宠物狗，坐在落地窗前喝下午茶。周妙的继母看见我们进来，用慵懒的腔调说："妙妙，有同学来了呀，留下一起吃饭吧！"

回来后，我和当时的几位女同学说起这件事。大家都由衷佩服周叔叔的能力与魄力，然后楼就歪了，感慨周妙的继母是不是上辈子拯救了银河系，才嫁给了周妙她爸……

"命"不可变，"运"可以改

上个星期天，有个好久不见的亲戚来我家，一进门就唉声叹气。这位亲戚年龄虽然不大，论辈分却要喊他一声表舅，当下我也不敢怠慢，忙着让座倒水。听他絮絮叨叨说了许多，大致明白了怎么回事，原来他今天进城是来卖柿子的。

我去过这位表舅家，挺大一个院子，十来棵大柿子树遮天蔽日，一到秋天红彤彤的大柿子跟挂了满树的红灯笼似的。今年也不例外，表舅家的柿子装了一筐又一筐，亲戚邻居送了一遍，还是吃不完。表舅想着多少换点钱也比烂掉强，于是装到农用三轮车上就开着进城了。

　　表舅一进城区就被路政拦住了，农用车不让进城，交了罚款后从环城路绕到蔬果批发市场。批发市场的摊位都是水果商贩们长期租用的，表舅没有摊位只好摆在门口，结果又被市场管理处收了"临时附加摊位费"。柿子本来就娇嫩，这一折腾碰伤了不少，好在连卖带送处理完了，最后一算账除去交的罚款、摊位、来回油钱，兜里就剩50块钱。就这50块钱，还在他吃饭时被人偷走了。

　　我真是深表同情，表舅一向运气奇差，简直能和倒霉熊结拜兄弟。听年龄大的亲戚们说，表舅小时候和别人一起爬树摘果子，别人从树上掉下来没事，他就摔断腿躺了两三个月；他读书时喜欢一个女孩，天天晚自习后偷偷跟在女孩后面送她回家，结果有一次掉进没盖井口的下水道里，浑身臭烘烘狼狈不说，还被女孩怀疑跟踪她的动机；至于平时吃点小亏，上点小当，买方便面没有调料包，都是常事。

　　"多大的鳖多大的盖，这都是命，不认不行。"表舅叹了口气。这句话是我们家乡的俗语，意思是说乌龟怎么长也大不过乌龟壳，翻译过来就是"命有一寸，莫求三尺"，注定当叫花子的命，就别惦记捡到狗头金。我心里忽然闪过一念，但很快打消了，只好不断给他续热水。

　　"家里剩的我也不来卖了，这几个是给你留的，知道你喜欢吃这种甜柿子。"告辞时，表舅从随身带来的包里小心翼翼掏出七八个红柿子，完好无损，光滑透亮。我的内心顿时被这几个大柿子击中，迟疑地说："其实我认识的一个人会改运，他有个同事和你差不多，事事都不顺利，改了后再也没有倒霉过，最近还升了职……"

"你说啥？"表舅眼睛一瞪，激动得眼泪都要下来了，"你这孩子，你认识这样的高人师父，咋不早跟我说呢？"

我说的高人师父，其实就是那位开情感专栏的师兄。他从小就喜欢玄学，研习多年，知易经懂八卦深谙梅花易数，瞧这势头再过几年就要修成半仙之体了。那年他们公司开年会，师兄没有女朋友，就带我过去装门面。席间大家聊天，谈起一件当时极为轰动的新闻。

那是2014年的8月份，四川南充有个算命先生被人当街杀死，因为"算得太准"。当年看过这则新闻的网友，一定都还有印象。那位算命先生姓庞，据说有"铁口神算"之称，相面卜卦都很灵验，很有两把刷子。

一天有个姓彭的男子来算命，庞神算问了家乡姓名八字等基本信息，然后一番掐指推演，算出彭姓男子家里即将有人去世。彭姓男子当场就勃然大怒，诅咒庞神算家户口本上有名的都去世，两人起了争执，不欢而散。事情到这里还没啥，问题过了一段时间，彭姓男子家里真的有人去世了。

这个时候，按照脑回路正常的人正常反应，应该是服气庞神算的卦灵验。想得再周全点的人，估计还得再次光顾，问问以后还有没有啥别的闪失。可是彭姓男子不同，许是伤心过度神智昏迷，居然迁怒庞神算。他怒气冲冲拿着一把刀去兴师问罪，结果一刀插在庞神算的脖子上，庞神算当场就命殒江湖。

　　这件事一经曝光，立刻引来广大网友火速围观，然后评论里楼就歪了。大家关心的不是事件本身，而是到底有没有命运这回事，相面算命准还是不准。在场的一个女同事说："我看不准，要是没发生的事都能算出来，庞神算怎么没算出自己会被杀死？他要知道那天会被人砍，估计得跑派出所待着去。"

　　另一个男同事则持不同观点，说："庞神算被杀死，恰好证明他算得准。如果他算出自己那天会横死，自己找警察寻求保护，那就死不成。算出自己要横死却没死成，那才是算得不准呢！"我当时听得一愣一愣的，忽然心下悲凉，扭头望着师兄问："既然算出来也无法改变，那何必再苦苦钻研？未卜先知有什么用？"

　　师兄一直没说话，此时才开口说："庞神算的死其实可以避免，命虽然不可变，运却是可以改的。"后来大家又讨论了许多，一个刚来不久的新同事听者有心，就向师兄虚心求教怎么改运。他说自己从小学到大学一直磕磕绊绊不顺利，啥倒霉事都能找上他。进公司后也不太适应，做事出力不讨好，人际关系一团糟。

　　当时师兄看他态度诚恳，就指点了他一番。这位新同事的局面很快就改变了，人际关系渐渐如鱼得水，工作效率也提高了，上个星期他还请我们吃饭，因为刚刚升了职。我很是敬佩师兄，却从不带朋友找他卜问前程。据说算命的人每一次窥视天机都会折寿，我不想师兄寿年不永，就算这个说法缺乏依据，也得防备上文中的彭某是不是？

　　一个人走霉运不可怕，可怕的是一辈子走霉运，充斥着负能量的人生实在乏善可陈，让人倒足胃口。表舅倒霉多年，深受其苦，他要是早知道有个高人能改变他的命运，估计师兄还没出生他就得在产房外面等候。话已经说出来，我看着表舅期望的眼神知道已经覆水难收，只好带他去找师兄了。

师兄得知我们的来意后，生辰八字一句没问，反倒详细问了表舅的情况，从小到大，林林总总。表舅开始质疑他的能力，悄悄问我："啥都问清楚了，八字没问，哪有这样算命的？"我也疑惑，望闻问切，这不是在看病吗？师兄听了我的说法，居然赞许地说："你说的对，我就是在为他看病。"

师兄说根据他的研究心得，命和运其实是分开的，转换成我们的语言表达方式，命就是个人先天就拥有的资源。比如从血缘关系（父母）继承和遗传来的人脉资源、经济环境、个人自身的才智天赋等。龙生龙凤生凤流传几千年，自有他的道理。就像金石变不成木头，你永远只能是你自己，这一点谁也无法逆转，但运是可以改的。

"运是什么呢？运其实就是抛开了先天资源后，我们利用后天资源和各种机遇，通过自己的努力实现人生理想和目标。"师兄阐述给我们听，"这个过程，是可以努力再努力的，如果做事找对方法，坚持不懈，运气当然会越来越好。"

"你是说我一直倒霉是我做事没找对方法？"表舅疑惑地问。师兄点头："谁从树上摔下来，都有骨折的可能，差别不过是概率问题，要避免骨折，你应该避免爬树。追那个女孩子时，如果你鼓起勇气大大方方送她回家，可能结局就会不同。至于这次卖柿子，你怎么不利用城市人亲近自然的机会，让他们自己去你家摘？既省了进城出售的成本，还能额外赚一顿农家乐午饭钱呢！"

　　表舅如醍醐灌顶，大彻大悟，握住师兄的手猛摇，不住口地说："高人，高人啊！"我却忽然想起越努力越幸运那句话，原来好运气都是自己挣来的。

　　出身不由自己，幸运的是英雄也从来不问出处。安于已注定的"命"，通过自己的努力改变运势，我们就有了成就任何可能的力量。

资本时代，实现你的梦想需要多少资金

　　不知从什么时候开始，我身边不少朋友忽然都成了经济学家，张口闭口这是个资本时代。陶桃就是其中代表人物，她旗帜鲜明立场坚定，笃信没有启动资金，仅靠毅力就想白手起家实现理想走上人生巅峰，基本就是一个笑话。我这人有个毛病，总是习惯在不可能中寻找仅有的可能性，于是说了一句："也不尽然吧！"

　　"怎么不尽然？王思聪八个月赚了1.5亿，牛吧？关键是他爸给批了5个亿的创业资金啊！如果没有这5个亿，他能迅速赚那么多吗？"陶桃反驳，然后又开始感慨起来，"要说这投胎真是门技术活，但凡我爸能支持我50万，我的咖啡馆也开业了啊！"

　　这个时候，我不能说开咖啡馆是你的事，你爸没有义务为你的梦

想买单，不然她会说父母就是孩子的起跑线，寒门再难出贵子；我也不能跟她讲原始积累讲不积跬步何以千里，不然她肯定得绕回到开头资本时代的论点上。我想了想，我只能和她讲讲威廉和马拉维了。

陶桃这种不学无术的人，出国就去新马泰，认识的外国人仅限于好莱坞明星。我问："你知道威廉·坎宽巴和一个叫马拉维的国家吗？"果然，她一副傻白甜的表情："威廉是唱歌的，还是拍电影的？马拉维在哪儿？离马来西亚近吗？""马拉维和马来西亚，中间隔着比唐僧师徒西天取经还要远的距离。"我告诉她马拉维是非洲最贫穷落后的小国，没有之一。

当地巫术盛行，饱受干旱、饥荒、瘟疫的困扰，全国只有百分之二的人能用上电。摩托车和手机都是奢侈品，在电视普及以前，他们与外界沟通的渠道主要以收音机为主。是的，没有Wi-Fi。如果去当地旅游，请给你的iPhone6带足备用电池。什么？你去那百分之二的土豪家里充电？好吧，如果你没赶上停电的话。当地经常停电，每次通常一到两个星期左右。

在科技昌明日新月异的当下，马拉维是一个被现代文明远远抛在身后的国家，威廉就出生在这里。贫穷是大人才能切身感受的事情，孩子们在野地里疯跑都能幸福快乐，何况还能上学。威廉是热爱学习的孩子，脑袋里充满奇思妙想，也充满困惑：汽车是怎么开动的，电视机为什么能出现画面，把收音机调在不同的频率上，就能从新闻节目换成音乐，是用什么方法把它们区别存放的呢？

这些问题，没有人能回答威廉，他只能自己去书上寻找答案。

他对物理和科学尤其感兴趣，有了理论之后还会动手操作。威廉家的收音机噪音很大，他拆开后找到原因，成功修好了。这让威廉备受鼓舞，遗憾的是很快他就失学了。

威廉十四岁那年，马拉维遭遇前所未有的饥荒。最困难的时候他们家和其他人一样，食物只够勉强吃半年，剩下的日子就在广阔天地里寻找各种可以吃的替代品。这还不是最糟糕的，霍乱的大规模爆发令全国进入了紧急状态，每天都有人在病死或饿死。死神的阴影无处不在，学校早就已经停课了。

威廉一家靠着储存的木薯，苦苦支撑了几个月，终于熬到了玉米和南瓜成熟的季节。遗憾的是土地干旱贫瘠，仅能在雨水充沛的时候收获一季，而这些食物是远远不够的。威廉的家人曾多次尝试补种一季，都以幼苗干枯告终。饥荒虽然过去，贫穷却依然如甩不掉的魔魇，谁也不知道下次的大饥荒会在什么时候来临。

在这样资源极端匮乏的环境里，知识远比食物更为奢侈。威廉一直期待着学校恢复上课，但封闭荒废的校舍让人看不到任何重新开始上课的征兆，而且父亲日渐衰弱老去，就算学校恢复上课，只怕也无力再支付他的学费。威廉十七岁了，像他这个年龄的马拉维人已经要开始担负为家庭挣回食物的重任。

威廉坐在荒坡上，任凭大风从早上吹到傍晚，日复一日。生在马拉维，身为农民的儿子，他注定也要当一个农民的吧！可是威廉最初的理想是当一个科学家，像那些发明录音机、电视机的人一样。威廉一眼能望到的距离内只有荒凉干旱的土地，看不到希望，也看不到出路。

"唉，穷成那个熊样，还做什么科学家的白日梦？"陶桃心有戚戚焉，"他要是生在美国就好了，那个至尊土豪巴菲特不就说过，他成功有三个因素，其中一个就是生在美国。""身份和环境，的确可以规避很多人终其一生都无法逾越的障碍，能更快更直接地取得成功，这一点我不否认。不过外在因素并不能决定全部，你忽视了一个少年追求梦想的决心和力量。"我认真地说。

为威廉带来第一缕曙光的，是一个叫马拉维教师培训联盟的组织。他们在学校附近盖了一所很小的图书馆，里面是美国政府捐赠的书籍，其中一本叫作《利用能源》。这本书改变了威廉的人生，他第一次见到图片上巨大的装有三片扇叶的风车，了解到风力资源的开发利用。

威廉欣喜若狂，马拉维最不缺的大概就是风了。风力可以发电，有了电不但能照明，还可以驱动水泵灌溉农田。这样原本只能种一季的粮食，就可以种两季，大家就不用再挨饿了。威廉信心十足，他要建一架风车，一架能发电的风车！

仅凭想象就能知道，这个过程是极其艰难的。威廉没有任何先进的设备工具，也没有原材料，他就像一个拾荒人，到处搜罗能用上的东西。他把家里唯一的一辆旧自行车改成了风车支架，用废弃的木板拼成扇叶，没有钻头，就用钉子把它们钉在一起。可是轴承、缓冲器、发动机这样的关键部分无法替代，怎么办呢？

天可怜见，威廉发现了一个秘密宝藏。附近有个荒废的植物园，蛛网蒙尘的车库里堆放着不少锈迹斑斑的废弃物品。威廉翻找出能用的零件，反复清洗打磨，让它们重新绽放出光彩。这次的收获很大，除了发动机，别的基本都齐备了。一台发动机价格不菲，就算威廉舌绽莲花，父亲也不会给他买的。

自从威廉开始造风车，邻居们都在笑话他异想天开，现在又要花那么多钱买发动机，威廉在大家眼中俨然成了愚蠢的疯子。母亲苦苦劝他停下，再这样下去，威廉连个老婆都娶不到，谁会嫁给这样一个人呢？那堆垃圾能养活老婆孩子吗？威廉却不为所动，对所有反对的声音都置若罔闻。最后，一个要好的小伙伴看不下去，用自己的零花钱买了一台旧的发动机送给了他。

威廉用实际行动诠释了什么叫作积沙成塔，就这样一点一点拼凑，他的风车建成了。实验那天，所有人都围过来看。威廉爬上梯子，用手举着连着电线的小灯泡，那是他所有心血汇聚成的一个点。风起了，扇叶转动起来了，威廉手里的小灯泡隐隐发出微弱的亮光。所有人都屏住呼吸，那抹即将熄灭的亮光闪了两下，光明忽然璀璨绽放，他成功了！威廉的风车居然真的能发电，那天，整个村庄都为之沸腾了。

陶桃听完后，眼神里有种异样的光辉，好像她也亲临了威廉的试验现场一样。"他竟然真的做到了，后来呢？威廉后来怎么样了？"陶桃追问。后来的两年，威廉一直在改造完善自己的风车，他靠自己的努力让家庭跻身百分之二的用电阶层；再后来他的事迹广为人知，被美国一个教授发现，以青年科学家的身份受邀参加世界顶级精英汇聚的TED（科技、娱乐与设计）论坛；现在他就读于南非的一所领导者学院。

"我不否认这是一个资本时代，我们计划做一件事，前期筹备资金是应该的。有了良好的资源，各方面的有效助力，成功就更有保障。可是如果条件不够齐备，难道不做任何尝试努力就直接放弃吗？"我发自肺腑地说，"我们所有人，都比威廉拥有的要多。"陶桃一向伶牙俐齿，有舌辩群雄之才，这次居然沉默了。

那天她离开的时候，我从书架上抽出《驭风少年》送给她，里面写的就是威廉·坎宽巴的故事。几天之后是我们闺蜜团每周一聚的日子，陶桃居然没有来。"桃子看上了一栋办公楼的顶楼，打算租下来开露天咖啡馆，对方约她今天过去谈这事。"一个闺蜜爆料，"现在紫外线多厉害，不涂几层隔离防晒谁敢出门？喝个咖啡犯得上冒着毁容的风险吗？"

大家纷纷点头，那个闺蜜继续吐槽："我劝了不听，还说要是威廉，在马拉维都能开咖啡馆。""威廉是谁？她交了外国男朋友吗？""外籍男友也没什么，现在跨国婚姻可多了，马拉维离马尔代夫远不远？"我笑笑，还没来得及回答，这些问题就被淹没在美妆衣服高跟鞋的话题里了。

我在考虑，要不要再买几本《驭风少年》送给她们。

不要被一份月薪买断人生

　　朋友谭君即将下岗，心情非常不好。我问什么叫"即将下岗"，答曰裁员名单已经拟出来了，还没公布，名单上有他。然后祸不单行，他老婆怀孕六个月了，今天产检有妊高症的苗头。在这双重打击之下，再豁达的人一下子也扛不住，我觉得有必要组个饭局安慰他一下了。

　　我把饭局定在"吃货吧"，不但菜品出彩，里面还有各种精致小零食和软糯香甜的糕点。因为除了谭君，另外两位客人是我的忘年交王爷爷和崔爷爷，他们大爱吃货吧的糕点。我邀请时说明了情况，王爷爷很爽快地就答应了，崔爷爷则哼一声："不去，每次都拿我当反面教材。"

　　"小陆又研究出新糕点了，你不来，只好先让王爷爷试吃了。"我使出杀手锏，小陆是吃货吧的老板兼糕点师傅，崔爷爷第一次吃到他做的糕点，就激动得跑到后厨见他。"算了，我再牺牲最后一次！"崔爷爷果然妥协了，问几点碰头。等我们按照约定时间来到吃货吧时，他已经在后厨吃了两块点心了。

　　菜品上来以后，崔爷爷吃得心情大好忘乎所以，王爷爷则克制内敛，吃相优雅从容。谭君审视王爷爷良久，从衣饰穿戴举手投足都能看出他的卓尔不凡，于是问："王爷爷一看就气度不凡，祖上是大家吧？""小伙子眼光不错，你这位王爷爷祖上是开商号的，我爹还给他们家当过伙计呢！"崔爷爷边吃边说。

　　"你崔爷爷说的对，不过后来都没了。"王爷爷说家业传到他手里时，只剩下剥削阶级成分了。崔爷爷一家属于被剥削阶级，那时候已经翻身把歌唱了。崔爷爷的舅舅在那个时代的大洪流中站稳了脚跟，还掌握了一点儿实权。在舅舅的安排下，崔爷爷进了当地一家加工秋衣秋裤的工厂。

　　按说崔爷爷应该和王爷爷划清界限，但两人关系还是像小时候那么好。头几年王爷爷身份尴尬，日子过得非常艰难，全靠崔爷爷暗地里支援他。后来平反的平反，摘帽的摘帽，王爷爷的日子才好过了点。再后来政策越来越好，全国都投入了紧张的经济建设，崔爷爷所在的工厂开始招工，他第一时间把王爷爷招了进去。

　　"一辈子的患难朋友，生死兄弟，真难得啊！"谭君敬重地说。"切！"崔爷爷翻个白眼，"我费事巴拉把他弄进去，人家还不乐意待着呢，庙小啊，盛不下他这尊大佛！"王爷爷一点儿也不介意，笑呵呵不急不恼。谭君一头雾水，我却对那一段往事了如指掌，于是娓娓道来。

王爷爷进入工厂后，开始时跟着崔爷爷干库管，后来撺掇他一起进供销科。"不行，现在不是前两年了。以前进供销科就是大爷，坐着不动就有人求到门上来，拼命给你塞烟塞红包，现在得往外跑着求别人！"崔爷爷不同意。

崔爷爷说的是实情，那时候已经到了计划经济的尾声阶段，当地的个体经营如雨后春笋般冒出来，厂里的订单受到很大冲击，供销科的日子已经不好过了。虽然有销售提成，可是供销科的工资平均起来，还是和仓库差不多。仓库多清闲啊，又是旱涝保收，多少人削尖脑袋想进来呢！

王爷爷却不这样认为，他认为事在人为，业绩上去了，工资肯定会上去。退一万步，就算拿同样的工资，但供销科更能锻炼人，这就是额外收获。崔爷爷表示不需要这样的"锻炼"，王爷爷只好提交了自己的调岗申请。

据说供销科的科长得知后，亲自为王爷爷举行了欢迎仪式。当时供销科已经从香饽饽变成了鸡肋，居然还有人申请从仓库往供销科调，真是太感人了！崔爷爷得知后气得半死，认为王爷爷的脑袋肯定被门夹了。

王爷爷到了供销科不久，厂里为了开拓市场，又开了一条线生产加绒的毛衣毛裤，然后王爷爷就被派到黑龙江出差了。那是12月份，零下四十多度，零下四十多度是个什么概念呢？举个例子，去年冬天，住在美丽的牡丹江畔的网友收到快递后晒图，吐槽住在这破地方不包邮就算了，拍的爽肤水在路上就冻住了，暖了好久才暖成爽肤碎碎冰。

再举个例子，前年去上海海洋馆看大鱼，意外看到了企鹅，绅士地站在人工制冷营造出来的冰雪极地馆里，非常漂亮。后来看到大冬天的，黑龙江那边的企鹅也是住在人工营造的极地馆，我就非常意外：冬天的黑龙江就是一个超大的极地馆好吧，何必多此一举呢？对此，当地朋友的回答是：外面太冷，企鹅受不了。

"在企鹅都受不了的温度下，王爷爷用一个月的时间跑遍了双城、大庆、伊春、齐齐哈尔，你知道他收获了什么吗？"我问谭君。"收获了老寒腿，现在还有病根呢！"崔爷爷插了一句，惹得我们都笑起来。谭君笑过之后，用敬重的口吻说："能吃常人不能吃的苦，受常人不能受的罪，一定也能取得令人艳羡的收获。"

"是的，那年我的业绩是全厂最高的，工资加提成是做库管时的三倍。"王爷爷说话时神色云淡风轻，一点儿也没有炫耀的意思。我想这也是他发迹之后，崔爷爷依然能和他坦然相处的原因。

王爷爷的成功"激励"了一大批人，供销科展开了一场你追我赶的销售热潮。然而，王爷爷并没有满足销售冠军的成绩，几个月后他辞职了。王爷爷的这个决定再次震惊了全厂，当时他已经结婚了，老婆正在怀孕，所有人都不理解他怎么想的。

崔爷爷跑到他家骂他："你吃两天饱饭就找不到北了，那么好的工作说不干就不干，老婆孩子跟着你喝西北风啊？""这段时间我天南海北地跑，发现好多个体户都发了。现在政策这么好，干吗不搞自由贸易呢？"王爷爷让他坐下，心平气和地说了自己的打算。崔爷爷耐心听完，说："还自由贸易，不就是'倒爷'吗？你那么能，咋不上天呢！"

后来王爷爷真的"上天"了，他当了两年倒爷，原始资本积累起来后，自己瞅准商机，盘下了一个倒闭的小厂。后来小厂日益壮大，王爷爷的资产滚雪球般增长，成为了先富起来的那一部分人。五十岁以后，王爷爷又跨领域投资，再上了一个台阶，家族财富已经超过爷爷辈时的鼎盛了。

现在王爷爷把生意都交给了儿孙打理，他安心养老，每天就是喝喝茶，赏赏花，或者和崔爷爷等老朋友聊聊天。"不知王爷爷家族的企业是……"谭君忍不住问。王爷爷轻轻说了一个名字，谭君一怔，接着急忙站了起来。他工作的公司，就是王爷爷家族企业名下的一个子公司。

"你的情况，我听小雪说了，如果你还愿意留在那里工作，我可以打个电话。"王爷爷看着谭君，等他的回答。谭君却犹豫起来，慎重考虑后说："其实得知会被裁员后，我就有了别的想法，现在更坚定了。就像您说的，与其给别人打工，还不如自己单干呢！我想开个店面，自己做生意。"

"你能这么想，就不枉费小雪张罗这个饭局了。人的潜力是无限的，不能被一份月薪就买断了，"王爷爷赞许地说，"决定了就动手做，家里的事情请父母帮忙照管一点儿，事业上如果需要我帮忙，尽管开口。"谭君备受鼓舞，猛点头。

"这是怎么说的？我的经历还没讲呢，这事就完了？"崔爷爷没得到发言机会，反而失落了。王爷爷忍住笑，说："你说，你说。"

"事情是这样的，我这个人呢，一向视金钱为粪土，看富贵如浮云。钱嘛，有就多花，没有就少花，安于贫贱。"崔爷爷说以那时的物价，他的工资虽然达不到高消费水准，可是省俭些也够过日子了。后来孩子们渐渐大了，财政上就开始吃紧了。即使这样，崔爷爷也没打算挪窝，一直在那个厂子干了快二十年。直到后来厂子倒闭了，他才不得不离开那个工作了半辈子的地方。

崔爷爷那时候还只是"崔叔叔"，儿子读大学，女儿读高中，他下岗后只有妻子一个人的收入。雪上加霜的是老父亲又摔断了腿，崔爷爷拿不出医药费的那几天，头发一下就花白了。后来还是王爷爷赶来交的钱，并且扶持他做了些小生意才把日子对付过去。

"现在回头想想，就算厂子不倒闭，后来的花销那么大，光靠工资也够呛，"崔爷爷总结，"你王爷爷是胸怀大志，主动创业；我是纯粹被逼的，不过这些年过来了，发觉做生意也不错。你还年轻，就该闯闯，要不现在这么好的发展环境，不是白瞎了？"

听君一席话，胜读十年书。谭君听了王爷爷和崔爷爷的两席话，一顿饭就相当于读了二十年书，而且是正反辩证法的双套教材。等到饭局散场的时候，谭君已经从低沉氛围中走了出来。尽管将来的路并不好走，但视野开阔，格局放大，机会也就更多。

不要在能吃苦的年龄选择安逸，也不要在该奋斗的时候被一份看似稳定的工作拴住翅膀。不管那份工作中途抛弃你，还是能为你养老，它都已经买断了你的人生。而人生充满了无数的可能性，那是多少钱都无法买断的。

你的梦想虽然会被嘲笑，不去追求却会后悔终生

你身边一定也有这样的人，他们不同于浑浑噩噩混日子的普通人，不满足于仅仅衣食无忧的生活。他们通常志存高远，怀揣着一个牛逼闪闪的梦想，遗憾的是实力不足以撑起野心，面对困难总有这样或那样的借口，日复一日，终于从怀才不遇的青年才俊蹉跎成了中年才俊。

面对这样志大才疏的朋友，我们的无力感是相同的，鼓舞激励都没有用，横竖都是他有理。所以秦桑又在老生常谈地抱怨去正规团体唱歌没机会，去歌厅酒吧驻唱掉价的时候，我好想选择隐身。

可惜不是在聊Q，他就坐在我对面，盯着我问："最近有个地方性质的好声音选拔赛，估计影响力不大。你说，我是选择去呢，还是

不去？"我直截了当地回答："你可以选择去死。"

秦桑是个有血性的男子，当即就拍案而起："你这个恶毒的女人，算我没有带目识人，居然拿你当朋友！从今天起我们绝交，老死不相往来！""好走，不送。"我眼皮也不抬一下，认识他这么多年，哪一年不绝交个十回八回，我还怕他不成？果然，秦桑见我没有出去追他，自己又回来愤愤坐下："我真想不明白，那么多优秀女人都剩下了，你这样的是怎么嫁出去的？"

"这就不劳你老人家操心了，马上下课了，陪我去轮滑中心接孩子吧？我介绍一个女孩儿给你认识。"我此话一出，秦桑的态度立刻缓和下来。"算你还有良心，知道关心一下大龄单身人士。"他把剩下的咖啡一气喝完，饱含期待地问，"漂亮吗？那女孩儿。"我想了想，用手摸着良心回答："还是非常漂亮的。"

我们到少儿室内轮滑中心时，教练刚好宣布下课，孩子们小鸟似的张开双臂，纷纷贴着地面飞往休息区。家长们一下子忙碌起来，又是擦汗喂水，又是帮忙换下轮滑鞋和护具装备。秦桑的眼睛雷达般来回巡视，小声问："来这里的美女不都是有孩子的吗？难道还有漏网之鱼？"我忍住笑，朝训练场地那边努努嘴。

场地里只剩下一个十岁左右的女孩子，她正在练习跨步转弯，围着桩杯一圈圈轻盈滑行，纱裙的缎带随风飘舞，宛如仙子精灵。"何笑潇，可以打扰你一下吗？阿姨想介绍一位朋友给你认识。"我叫住她。"好的，阿姨。"那女孩子听到了，滑到我们面前时一个优雅的拖刹，婷婷立住。我郑重地为他们互相介绍，全然不顾秦桑看我时要杀人的眼神。

"哥哥，你名字是出自大诗人李白的诗句吗？我们国学课上教过，燕草碧如丝，秦桑低绿枝。"何笑潇嘴巴甜，一句哥哥让秦桑不禁心花怒放。这货和我同年，我是阿姨他是哥哥，优越感自然提升不少。得知他是一名业余歌手，何笑潇又惊讶又仰慕，两人大有相见恨晚之感。

这时何笑潇的妈妈来了，是个衣着考究、保养得体的优雅女子。她和我们攀谈几句，等何笑潇换上自己平时穿的鞋子，母女俩客气地道别而去。"阿姨再见，秦桑哥哥再见！"何笑潇一再回头，笑靥动人如斯，如花如晏。秦桑却如遭了雷击似的，待在那里。

换下轮滑鞋的何笑潇，再也掩饰不住她左腿的缺陷，两腿明显一高一低，每走一步身体就倾斜一下。这么美丽的小女孩竟然有残疾，走路都有困难却又偏偏选择学习轮滑，谁看到都会被震撼到的吧？

"她是怎么做到的？正常的孩子刚开始学习都有难度，她的腿……"秦桑不忍说出残疾两个字，"这孩子训练时没少摔跤吧？"我点头，何笑潇这半年来吃的苦头，我都悉数看在眼里。

据她妈妈说，何笑潇是无意中看到别人滑冰的，当时就羡慕得两眼放光，请求妈妈给她买一双轮滑鞋。何笑潇家境优越，加上她患有小儿麻痹症，一家人向来对她疼爱有加，有求必应，然而这次却拒绝了。她的腿正常行走都做不到，怎么能学轮滑呢？何笑潇却不管那么多，这个乖巧懂事的孩子第一次撒泼吵闹，就为了要一双轮滑鞋。妈妈无奈，最后妥协给她买了一双最好最贵的。

何笑潇家所在的小区里，有好几个孩子已经滑得非常好了，每天傍晚在空地上结伴滑行笑闹。何笑潇期待加入他们，可是她换上轮滑鞋连站立都成问题，每次摔跤都引来哄然大笑。何笑潇非常难过，这时妈妈问她："你要是真想学，我们可以去轮滑中心报名，好处是教练非常专业，能给你最好的指导；坏处是那里的孩子轮滑水平个个都非常高，你去了肯定也会受到嘲笑。"

何笑潇考虑了一下，居然无畏地说："我去那里是要学会轮滑，别人笑话我还是不笑话我，这个没有关系。""她真的那么说？"秦桑有点吃惊，那么小的人儿，居然能说出这么豁达智慧的话来。我点头，也是从那天开始，我正式认识何笑潇和她的妈妈。

正常孩子三节课可以站立踏步，五节课以后就可以慢慢滑行了，何笑潇却还在不停重复起立摔跤的过程。这中间到底摔了多少次，连教练都数不清了。尽管家长们一再约束管教，孩子们还是笑得前俯后仰。最严重的一次，何笑潇带着护具还是摔伤了腿，不得不停止了练习，大家都以为她不会来了。

两个星期后，何笑潇腿伤恢复后又出现在训练场地里。这种情形持续了整整一个月又十天，她终于稳稳地站在了光滑如鉴的冰面上。"从那天开始，再也没有一个孩子笑话她了。他们都懂得，换了自己，一定做不到何笑潇这样。"我由衷地赞叹。现在何笑潇已经滑得非常好了，尤其是花式单脚绕桩，因为她长期靠右腿用力，竟然比别的孩子掌握得更快更好。

"你知道何笑潇为什么吃了这么多苦头，还是坚持要学轮滑吗？"我问。"为了在笑话她的小伙伴面前扬眉吐气？"秦桑试探性地回答，这的确最符合一个孩子的想法。我摇头："她连别人笑不笑话都不在乎，下那么大功夫，怎么可能只为赌一口气呢？""那到底为什么？"秦桑好奇地追问。"为了她自己的梦想。"我郑重地回答，"何笑潇说，虽然她生病了不能好好走路，可是轮滑却能让她长出翅膀，只要换上鞋子，她就可以飞翔。"

秦桑非常震撼，这个小女孩儿的内在和外表一样美丽坚强。"唉，一个孩子能做到这样，真是不容易！不知道多少大人也想长出翅膀，可是摔一跤就放弃了。还有的怕人笑话，一会儿推说场地不好，一会儿借口鞋子不行，根本就不下场，连个孩子都不如！"我阴阳怪气含沙射影，秦桑岂会听不出来？

奇怪的是那天他居然没有反驳我，一直低头不语，似乎在想要紧的事。我倒有点担心，是不是药下得太猛了？秦桑曾经去过一家酒吧驻唱，结果被客人轰下台；亲戚朋友知道他有当歌手的想法，也基本报以不切实际不务正业的评价，毕竟他是有心理阴影的。

事实证明重病须得猛药医，几天后秦桑打来电话，让我去海选现场为他加油打气。我大跌眼镜，继而欣喜，这货居然真的报名了。海选时，秦桑正常发挥就顺利进入了复赛，这让他自信了不少。决赛那天，我特意邀请了何笑潇和她的妈妈一起观看。秦桑并未能一举夺魁，他只拿到了一个优秀奖项，但看得出依然十分开心。

颁奖的时候，我把提前准备好的花递给何笑潇，何笑潇立刻挤到台前，郑重地献给秦桑。秦桑并不知道我邀请了她们，一时又惊又喜，蹲下来拥抱何笑潇，然后举着花束朝我们拼命挥舞："谢谢大家！谢谢你们所有人！"现场观众哄然大笑，他大约把颁奖现场当成自己的演唱会了。站成一排的重要奖项获得者们面面相觑，奇怪这人只获了一个微不足道的小奖，怎么风头全被他抢去了？

那天不知道是不是我的错觉，我竟隐约看到秦桑眼中似乎有晶莹水光。但是从那时开始，秦桑是真正地不同了。他不再患得患失，推三阻四，所有能参与的机会场合，他都积极参加。雾霾不那么严重，能看见星星的时候，他甚至会找一个霓虹灯不那么亮的路口，抱着吉他自弹自唱。

"我很感谢你和笑潇，你们让我明白唱歌本身才是我要做的事，别人怎么看跟我有一毛钱的关系？就像玩愤怒的小鸟，在你奋力一跃却效果不佳的时候，身边总有几只猪在笑。你可以选择无视它们，却必须接受它们存在的现实，否则只好不玩。"秦桑显然醒悟了，相信以后不管遇到什么困境，他都有挺下去的勇气。

这个世界上，成本最低的就是嘲讽与非议。他们不调查不了解自以为是，摇唇鼓舌只需要消耗为数不多的卡路里，却能蛊惑你怀疑自己坚持的意义。对于这种声音，请开启永久屏蔽模式。

既然选择了要做的事，剩下的只需有向着目标前进的毅力。

CHAPTER 3

如果他们是错的，你是对的

向鱼问水，向马问路，

才能得到你想要的答案。

不做抬着驴子走的人

据网友不完全统计，过年回家除了怕被亲戚问工资多少、有女朋友没、啥时候结婚，还非常恐惧被问学的什么专业。这简直就是学生党的噩梦，学心理学以为你是算命的，学考古就脑补你盗坟挖墓，学土木工程就问你上工地搬砖还用学啊？学计算机的？那挺不错的，你能帮我盗个QQ号吗？

以上种种，田佑甜同学表示那都不是事啊！她专业是中医学，一到逢年过节，家里总有一帮亲戚排着队等她号脉。就她现在那点粗浅入门功夫，能摸着脉就不错了，哪号得出三姨夫有没有肝炎、四大爷是不是脾虚、大表姐怀的是男是女啊？号不对？你爸妈出那么多钱供你，你就学这样？是不是在学校净顾着谈恋爱了？

　　田佑甜同学的内心是崩溃的，果然因为爱情荒废学业也就罢了，问题是她情人节都是一个人在自习室过的，压根没有男朋友啊！田佑甜的努力是值得肯定的，成绩却差强人意，就在她怀疑自己是不是没有学医的天分时，另一拨亲朋好友站出来说话了。

　　这一拨革命队伍年轻化实力强见多识广，多是在不同领域混得风生水起的表哥表姐们。他们之间平时见面也是互掐，但只要田佑甜在场，立刻统一阵线，一致向她开炮。"你是不是穿越剧看多了，打算学好本事穿越回去当御医啊？现在B超彩超各种超，谁还等你说'恭喜小主，你有喜了'？"犀利的大表姐说。

　　田佑甜只好再次重申："中医文化博大精深，应当传承下去……""传承下去的活有人干，你别听外公给你洗脑，他行医一辈子连个进口按摩椅都买不起……"大表哥立刻打断她的话。

　　田佑甜无言以对，外公是远近闻名却一贫如洗的老中医，她小时候在外公家住过几年，的确是受外公的熏陶才决定学中医的。大表哥当年就果断拒绝外公让他学中医的建议，报考了工商管理，现在收入颇丰，已经混到某企业的高层了。单纯善良的田佑甜同学彻底迷茫了，她到底该不该学中医？学的话，自己到底有没有这个天分？

　　田佑甜众多的表姐中有个学心理学的，叫沈佳，是我最好的朋友，田佑甜的烦恼就是她告诉我的。"过度在意别人的评价也是一种心理障碍，不及时解决的话会干扰自己的内心，产生疑虑、犹豫、不自信等负面影响，我家小甜甜最近已经开始在怀疑人生了。"沈佳忧心忡忡地说。

我作鄙视状："你这人什么医德？怎么暴露病人隐私？""她没付费，不是我的病人。"沈佳老练地答。"她是你表妹啊，不付费你也有义务因势利导开解帮助她，医德还是有问题。"我强词夺理。沈佳凑过来说："我有药方，可是药在你这里。不出药方是我医德问题，不出药可是你的人品问题。"我果然又被带进沟里，好奇地问："什么药？"

沈佳说的药，是我一位远房亲戚家的儿子，叫梁辉。虽然年龄和我差不多大，可是辈分低了些，论起来得叫我表姨。我立刻明白沈佳的用意，这是要用成功案例来治疗田佑甜同学啊！当即打起另一个主意，我这大外甥终身大事迟迟没有解决，见个小美女能有啥损失？进展顺利的话，说不定还有意外之喜。

"凭咱俩的交情，帮个忙还不是应当应分的？放心，都包在我身上！"我做出一副为朋友两肋插刀的豪情，拍着胸脯应承下来。沈佳感动得老泪纵横，赶紧主动买了单。于是在我的努力下，这次具有双重含义的会面很快就促成了。

沈佳带着表妹田佑甜，我带着大外甥梁辉，四个人坐在一起时气氛明显偏于相亲，以至梁辉都有点紧张起来，相亲这事他都有心理阴影了。梁辉人长得儒雅斯文，身高一米八零，还是市医院的正牌医生，每次相亲女方都能一眼看中他，但只要一听说职业就神情尴尬，接着顾左右而言他，最后基本都不了了之。

"我表姐说，你的职业遭遇可能对我有启发作用，难道你也是学中医的？"田佑甜天真地问。梁辉的表情顿时复杂起来，好在万水千山走过已经能正视这个问题，于是平静地回答："不是的，我学的是妇科，现在是妇产科医生。"不出我和沈佳所料，田佑甜像所有第一次听说的女孩儿那样，立刻瞪大了眼睛。

"啊，妇产科男医生！前段时间有个电视剧就是讲你们的，我追着看完了，你们顶着那么大的舆论压力工作，真的很不容易啊！"田佑甜到底是学医的，很快接受这个现实，继而表达了发自肺腑的敬佩之情。

梁辉一听感动得差点流下泪来，田佑甜是第一个听说他是妇产科医生不但没走还能高度理解的女孩儿，他忘了人家压根不是来相亲的，就在那瞎激动起来。

如果说田佑甜学中医是被外公洗脑导致的结果，那么梁辉就是被他亲爸给坑的。他爸梁医生是市妇产科主任，在这一行做了二十五年了，经他的手迎接到人间的小天使数以万计。梁辉报考专业的时候，是他爸爸梁主任独断专行拍板定下的。梁辉硬着头皮进了医学院，和一大帮女生坐在一起上课学习。

"大学四年，我对外只说学医，从来不敢说自己是学妇产科的，"梁辉笑了笑，说，"一个大男人学妇产科，听起来总是怪怪的。一些老同学还取笑我在女儿国上学资源丰富，其实我从来没谈过恋爱。"田佑甜好奇地问："为什么？你同学都是女的，而且她们更能理解你的职业才对啊！"

"因为她们都把我当闺蜜，当年哄我说嫁不掉就便宜我，结果现在一个个只有产检的时候才来找我。"梁辉耸耸肩，自黑地说。田佑甜被逗得哈哈大笑起来，追问他工作中遇到过哪些有趣的事。

沈佳凑过来低声问："不是树立榜样来的吗？怎么聊到没谈过恋爱，你这个外甥貌似动机不纯呀？"我正襟危坐，装作没听见。

梁辉爆料了不少他刚参加工作时的囧事糗事，女患者看到是他要求换女医生的是常事，勉强能接受的具体检查时也很尴尬。检查乳腺增生是必须要手检的，梁辉一开始经验不够，检查得久一点儿就被鄙视："摸够了没有？"要是急急忙忙检查完了却难以确诊，这时要是提出再检查一次是会被陪同的丈夫扇耳光的："摸着不错还想再摸一次是不是？"

有一次，一个丰满富态的中年妇女来检查节育环情况，见到梁辉时尚能强装镇静。这时梁辉带上一次性手套，站在她身边说："请躺到床上去，把裙子脱一下。"这女的嗷一嗓子就叫起来："怎么？大白天的耍流氓不是？"活脱脱梁辉要非礼她似的，最后还是换了一位女医生。这回不但田佑甜笑得捂着肚子，连沈佳都撑不住笑了起来。

"天可怜见，我们梁辉这么一男神级大帅哥，还是处男，能非礼她？谁占谁便宜还说不定呢！"我趁机替大外甥说话，表明他还是完璧之身。不过此举显然用力过猛，那对表姐妹有点不好意思起来。

这时田佑甜问："既然伯父从事这个行业，一定也深受这些困扰，他何苦一定要你也干这行，重吃二茬苦、再受二茬罪呢？""我一开始也不明白，后来我们合作了一场手术，我才知道其中的原因。"梁辉说那是他实习结束后第一次参加手术，当时他和另一个新人跟着梁主任实战练习。

那天的产妇有过顺产生育史，中间又流过两次产，子宫壁厚度仅在0.3厘米以下。这种情况，为了安全起见都建议产妇做剖腹产。但是产妇本人和家属都坚持顺产自己生，因为他们第一个孩子就是顺产生出来的，言语间还讽刺医生鼓动产妇剖腹产是为了提高效益多拿奖金。他们不签字，梁主任也没办法，只好一边让产妇顺产，一边准备手术方案备用。

生产过程是缓慢而痛苦的，梁辉曾两次检查宫口，最后一次懵了，这完全超出了他的常识，产妇的宫口居然完全消失了。梁主任一听面上变色，凭借多年的经验立刻做出判断："宫口可能移位到侧面了，子宫破裂的可能性非常大，快去找家属签字！"护士拿上手术协议书刚走，产妇就发出一声哀嚎，紧跟着涌出大量的鲜血，子宫真的破裂了。

子宫破裂出血量大，羊水涌进腹腔更是危险，产妇和胎儿随时都会没命。"听不到胎心了！"助产士着急地说。梁辉脑子顿时就懵了，这是他在学习时被告知最危险的情况，结果第一次实战就遇上了。这时梁主任果断地吩咐为产妇做局部麻醉，他用最短的时间取出胎儿，交给助产士为新生儿做心肺复苏，自己低头凝神清理、止血、缝合，整个过程娴熟干练。

最后的结果皆大欢喜，孩子窒息时间较短抢救了过来，产妇也脱离了危险。像这种情况，医生一般都是选择切除子宫以争取时间保命。在梁主任精准的判断把控下，这个产妇还得以保留了子宫。产妇一家千恩万谢，就差没立牌位供奉他了。

"每年的生产高发月份，医生经常连着做十几台手术，不少女医生累得晕倒在手术台上。像上面那种情况，给医生做出正确判断和实际操作的时间都非常之短，相比来说男医生在逻辑判断和体力上都更占优势，妇产科其实更需要男医生，"梁辉认真地说，"从那时候开始，我就不那么在意别人的看法了。纠结那些毫无意义，精进医术才能最大限度地帮到患者。"

我们三个女性听完都陷入了沉默，在我们生命攸关的时候，他们伸出更为有力的大手扶持我们渡过难关，而我们还在介意他们的性别。看来男性妇产科医生，需要我们更多的支持和理解。

梁辉讲完自身的经历，又给田佑甜分析了中医在医疗史上的地位与价值，肯定她所学的专业，鼓励她好好学习，天天向上。田佑甜很受教育，说："我也知道中医的重要和意义，外公能用几块钱的药治好病人花了好几千都治不好的病，我从小就很敬佩他。可是我学了那么久，连号脉都号不准……"

"那你知道这是因为什么吗？"梁辉问她。田佑甜看着他，迟疑地说："因为我笨？"梁辉笑起来，说："不是，你在精进医术的路上走得慢，是因为你在抬着驴子前行。""什么意思？"田佑甜不解地问。

梁辉讲起了一个我们耳熟能详的故事，一对祖孙牵着驴子去集市，路上有人笑话他们有驴不骑不是缺心眼吗？爷爷听了就让孙子骑上去，结果有人议论这小孩儿不知尊老敬老。孙子听了赶紧下来换爷爷上去，没走几步又有人说这老东西真会享受，自己骑驴让小孩子走路。于是爷爷带着孙子一起骑在驴子上，这下不得了，动物保护协会的接到举报电话立刻赶来批评教育……

"那对祖孙没办法，一合计就找到绳和棍子，抬着驴子赶路了。"梁辉笑着说，"你现在就被各种质疑干扰了自己，等于在抬着驴子赶路。一个合格优秀的中医要数十年才能养成，你现在才读了一年专业，就想有别人学习四年的功力，这不是自寻烦恼吗？学医本来就费时费力，你又抬着一头驴子，走得能不慢能不累吗？"

田佑甜恍然大悟，因为太在意别人的看法，她把原本应该花在学习上的时间精力，分散在了无谓的踌躇犹豫上，反而影响了自己。其实一个人不管干什么，都难免有人质疑非议，这时候我们要做的就是坚定心志，全力以赴追赶自己的梦想，而不是做抬着驴子前行的人。

那天田佑甜和梁辉相谈甚欢，两人分别后还交换了联系方式，后来有人撞见他们一起喝咖啡。沈佳得知后有点抓狂，专业的心理学知识都不能让她接受将要改口叫我表姨的现实。

选对路口，跑完一个人的马拉松

　　周末和几个朋友商量吃荠菜和走地鸡，于是约在一处农家乐，去的路上很是费了些周折。现在大家都渴望回归自然，一到周末都往乡下跑，路上的车比城里的还多，一骑绝尘不敢奢望，不堵车已经阿弥陀佛了。不料怕什么来什么，经过一个路口时不知道前面出了什么状况，车子排成了长龙，看样子一时半会儿是走不动了。

　　我趴在车窗上张望，发现身后不远就有一条从主干道上分出的小路，像树干上的枝杈一样斜斜地伸向西南方。路面是土质的，不宽，却足以让车辆通过。但是没有一辆车从这条小路绕行，包括我们，开车的朋友经过时视若无睹，直接开过来跟在车龙后面排队。

　　"怎么不走那条小路？"我不解地问。开车的朋友回答："走不通。"我好奇："你之前来过吗？"答曰："没有。"我大奇："那你怎么知道走不通？""要能走通，前面的车不早就走了吗？谁还在这儿堵着？"朋友的推测依据让我不敢苟同，怎么能连试都不试一次，就以别人的经验来判断呢？何况前面的车主可能也是这么想的，压根就没人走过呢！

我极力怂恿他倒回去绕行，朋友犹豫："走不通还得老老实实回来，这些排队的车不笑话咱们是傻逼吗？"我恍然明白了症结所在，大家情愿老老实实堵在这里患难与共，也不想自己离群另辟蹊径，除了承担时间成本机会成本，更介意的是万一失败会被人嘲笑和非议。

这让我想起不久前看到的一幅漫画，在一个人字路口，所有人都朝宽阔大路走去，只有一个人选择了旁边的岔路。虽然只有寥寥数笔，却瞬间就戳中了我的内心：与主流群体背道而驰，一个人踏上前途未卜的行程，这是怎样的坚定和勇敢啊！我们总是抱怨过的不是自己想要的生活，人生真正到了这样的路口，有多少人真正有勇气做出独自上路的选择？

金星在这条路上，无疑是走得最为坚定的一个。

说来惭愧，和很多人一样，知道金星也是从她的变性传闻开始的。当时的新闻有两点吸引了我的注意力，一是她的名字，二是她惊世骇俗的从男人转变成女人的行为。

先说名字，金星是太阳系八大行星中唯一一颗逆向自转的行星。它的亮光总是在日出之前达到璀璨的极盛，故此又被称为"启明星"。古希腊人则称金星为阿佛洛狄忒，意思是爱与美的女神。在罗马神话中，金星也被冠以维纳斯的女神之名。一个人取金星为名字，骨子里注定有勇敢的逆转基因和闪耀特质吧！

看过金星的访谈，感觉生成男孩子，真是上天跟她开了一个玩笑。她说从六岁起就有当女孩儿的愿望，后来年龄渐渐长大，更是敏感地察觉自己和身边的男孩儿们不同。那时的"他"敏感、困惑、慌张，觉得自己怪异，每天靠拼命练舞发泄情绪。那种感觉，我想更像一个女孩儿的灵魂住进了男孩儿身体里，金星每天面对的是自己都无法接受的现实。

金星是在十六岁时决定做变性手术的，在与主流群体产生分歧独自上路的例子中，这可能是最惊世骇俗最决绝的。他选择从男性群体离开，如果不能顺利融入女性群体，天知道他会沦落到怎样的地步。金星是慎重的，从决定变性到具体实施时二十八岁，用了12年。对此，金星说："我拼命地想先得到事业上的成功，只有先做一个成功者，社会才有可能接受我的与众不同。"

金星在舞蹈上极具天赋，加上他后天的勤奋努力，十七岁就荣获了全国首届"桃李杯"舞蹈大赛少年组第一名，并在第二届的舞蹈比赛中获得"最佳优秀演员奖"。二十岁那年，金星作为中国舞蹈演员受国家公派赴美国学习现代舞。

在之后的几年里，他先后受聘美国舞蹈节和意大利一家电视台编舞，多次获奖。在比利时皇家舞蹈学院任教授时，他创建了白风现代舞团，并两次举办个人作品晚会。这个时候，金星觉得时机已经到了。

金星选择了回国，他创建全国舞蹈编导基础训练班和全国现代舞演员训练班。工作上了正常轨道以后，金星走进了北京香山医院，他要完成期盼了多年的梦想。主治医生要求他先去北医三院做一个心理评估，这是衡量是否需要手术的重要依据。医生拿着一本小册子，一道一道地问他问题，金星只需回答"是"，或者"不是"。

"那些题问的都是细小琐碎的事，大概有一千多道，有些在翻来覆去地问，就是看你自己心理前后是否一致。评估结果75分是偏向女性，但可以纠正回来，不必做手术。80分以上才达到女性标准，可以做手术，我的评估结果是94分。"金星笑着说，"不管问题怎么颠倒着问，我的回答都是一致的，我心理上就是个女人。"

金星通过了心理评估，正式办了入院手续，很快确定了手术方案。手术分为三个部分进行，第一部分是胸部手术，第二部分是取出毛发和喉结，最后是将男性生理特征去掉，再通过手术塑造女性特征。整个手术过程要承受的痛苦，是我们任何一个人都难以想象的，用涅槃重生来形容一点儿也不夸张。

拿去除毛发来说，要彻底去除毛发，只有把皮肤里的毛囊破坏掉。金星在进行去除胡须的时候，要从嘴线处把皮肉翻开，把毛囊一根一根剔除出来，但是不能打麻药。"打麻药的话，嘴唇就会肿胀影响缝合，恢复后嘴型可能会歪。"主治医生说。金星想了想，坚定地说："那就不打麻药。"

嘴唇皮肉翻开的一瞬间，金星疼得一颤，但那仅仅只是个开始。一针一针剔出毛囊的过程，那种尖锐的疼痛才是真正的钻心彻骨。几十针下来，他渐渐感到不那么疼了，因为已经麻木了。

去除喉结的过程堪称惊悚，虽然打了麻药，但为了避免发声出现问题，只能实施局部麻醉。医生一边做手术，一边让他配合发声，直到两片软骨成功切除。金星的手术过程一直有栏目全程拍摄，有个摄影记者当场就昏在了手术室里。这些已经到了忍耐极限是吗？

到了第三部分，金星才知道之前那些疼都不能算是疼。这一次，连主治医生都犹豫了，问："金星，你还要做下去吗？你的胸部已经做完了，毛发和喉结也去除了，只要穿上女性衣服，谁也看不出来……"金星果断拒绝了，他要做真正的女人，而不是不男不女的人妖。

"痛吗？当然痛。有人问我那么痛苦怎么还能坚持下来？意志坚强得都赶上江姐了！"金星知道自己别无选择，上天将他生成男儿身，现在他要更正上天的错误，就要承受每一刀的修改雕琢。又有人问他后悔过吗，这次金星陷入了沉默。在手术后长达一年多的恢复期，他的确曾经对自己的选择动摇过。

金星的手术是成功的，但中间发生了一起因疏忽导致的意外。金星是在产床上做的手术，固定左腿的架子滑脱了，压在小腿上，阻碍了血液通畅。因为小腿是蒙住的，护士也没有及时检查，到手术结束整整16个小时都没有被发现。医生最后发现的时候，他的小腿肿得比大腿还粗！那一刻，金星隐约感觉自己的腿出事了。

医生会诊后，断定金星的小腿肌肉到脚趾尖神经全部坏死，很难恢复，就算好了也会成为一个瘸子。这个消息对金星来说是惊天霹雳，"他"吃尽千辛万苦才如愿变成了"她"，可她是个舞蹈演员啊！没有腿，她还怎么跳舞？

那一段时间，金星心理上承受的痛苦远大于身体上的百倍千倍，难道她的选择错了吗？不，她更愿意相信是上天在考验她，看她能不能跨过最后一道难关。金星马不停蹄地开始了康复治疗，连续扎了半个月电灸针后，她咬着牙挪到了轮椅上，告诉自己必须要走出病房！

从轮椅到双拐，从双拐到单拐，再到一瘸一拐地走路，金星在一步步用自己的决心和实力捍卫自己的选择，她告诉自己：既然选择了这样一条人生道路，再难也要将它走完！金星用了一年多的时间，终于重新站在了舞台上。现在的她不但事业屡创新高，还收获了属于自己的爱情，收养了三个孩子。

金星是幸运的，可是正如她自己所说："我确实比别的变性人幸运，但这幸运是我咬断牙挣来的！"如果她不敢做出改变性别的选择，如果她中途改变了初衷，现在的她都不可能是一个如此完美如此精彩的女人！

两年前，英国某城市举办的马拉松比赛，参赛的运动员五千多人中只有一个人跑完了全程，因为剩下的人跟着第二名全部跑岔了路。生活总是逮住每一个机会考验我们，这时我们最最需要的就是选对路口，哪怕孤身一人，也要跑完这场马拉松。

坚持做自己，不要被别人修改得面目全非

　　杨帆是我认识的为数不多的富二代之一，家里一开始是做高端家具生意的，材质都是紫檀沉香花梨木之类。《鬼吹灯》刚火起来那一年，他订制了一只金丝楠木的仿古书箱，不加修饰的原木面闪着光泽如镶着金丝的绸缎一般，让我大开眼界。迄今为止，那是我见过最有范儿的炫富行为。

　　杨帆家里资产具体几位数没有打听，我又不打算嫁他，但听他说上小学的时候家里就有保姆，爸妈出门各开一辆车。那是八十年代，大家平均工资一个月才几百元，后来他爸妈又投资房地产，不知道翻了多少翻。有次路过一处商业区，我知道有他家的商铺就问具体在哪儿，杨帆手一指："从前面那个红绿灯到下个红绿灯路口。"我

当时真的被惊到了，那么问题来了，你们想知道杨帆现在从事什么工作吗？

他是一名执证兽医师。是的，兽医。

杨帆上大学时读的是工商管理学，念了一半自作主张改了专业跑去学兽医，差点把他爸气死。针对杨帆改专业这件事，杨帆的爸、妈、哥哥聚在一块紧急召开了家庭会议。各种威逼利诱对他都不奏效的情况下，杨帆爸爸的耐心也被消磨殆尽，简单粗暴地中断了他的学费和生活开支。

"你想要属于自己的人生就自己去想办法，花家里的钱为自己的梦想买单，算什么本事？"爸爸这句话对他刺激不小，对当时尚且年轻敏感的他造成了成吨的伤害。为此，杨帆一直拒绝妈妈和哥哥私下贴补他的开支，自己咬着牙半工半读完成了学业。我就是在那时候认识杨帆的，我们都在一家花店打零工，我守店，他骑着花店的电驴送单。

有次下雨，因为我们店的宗旨是网上订单三小时内必须送达，杨帆只能冒雨出去。天气不好，店里没什么生意，我正向外张望时门口停了一辆豪车，下来一位货真价实的高富帅。一问，高富帅不买花，是来找杨帆的。

刚好这时杨帆回来了，一边脱雨披一边和高富帅说着什么，一个超厚的信封被推来推去，最后高富帅无奈地扔回车里。后来才知道那是杨帆的哥哥杨起航，也才知道杨帆的故事。

"我哥哥比我大十岁，家里那时候赚到了第一桶金，生意越来越大。我爸妈怕哥哥将来一个人担子重，就为了他有个帮手才生的我。"杨帆颇为介怀，我点头，这一点从哥俩的名字就能看出来了。

"有人吐槽一出生就被父母安排好了将来要干什么，我是没出生就被安排好了。没有坎坷未知，不用奋斗，不用创业，连相互扶持的人都安排好了，你说我这人生有什么劲？"杨帆情绪激动地说。这次我默默无语了，相信很多人和我一样，表示好羡慕能有这样没劲的人生啊！

"那你可以做别的呀，为什么一定要当兽医呢？"我好奇地问。"可能是家里人都忙，小时候除了保姆，家里只有猫猫狗狗的陪着我。我特别喜欢小动物，感觉它们就像人一样有灵性，可是自身的能力又不够，需要人去保护它们。我只要一看到它们的小眼神，就完全丧失了抵抗力。"杨帆的表情变得温柔起来，就像说起最亲密的人那样。

杨帆同时打了两三份零工，日子过得也并不宽裕，但他还是经常买了食物和药片去照顾流浪狗。我曾坐在电驴后面跟他穿街过巷，那些脏兮兮的流浪狗和流浪猫们一见到杨帆就涌过来，显然和他已经非常熟悉了。杨帆让我把带来的食物分给它们，他自己则逐一检查哪个发热了要喂药片，哪个受了外伤需要包扎。

当时我白天忙碌晚上熬夜写稿，迟迟看不到成功的曙光，亲友们都劝我趁早改行。说实话，能否坚持下去我自己也曾一度怀疑动摇。杨帆放弃那么优越的条件，吃苦受累也要坚持做自己，带给我极大的震动。没有吃过苦的富二代都能吃的苦，吃惯苦的自己再多吃一点儿又有何不可呢？于是咬咬牙，继续坚持。

杨帆靠自己坚持到毕业时，终于换来了父母的妥协。有了家里的支持，杨帆在事业的追求上就如虎添翼，几次出国学习，吸收了宝贵的经验。现在杨帆有了自己的宠物医院，除了常规宠物，还经常有黄金蟒、大蜥蜴和拇指猴等另类萌宠患者，都是主人慕名找来的。

前不久动物园有头犀牛病了，饲养员和院里的兽医都束手无策。杨帆曾去非洲参加过培训，被请去会诊，很快就找到了病因。当时有人见他年轻，不屑质疑："这么多老医生都没办法，交给他能行？治死了赔得起吗？"杨帆也不恼，淡定地笑笑回答："赔得起。"我听了，立刻脑补出杨帆从非洲赶着一大群犀牛回来的场景，不由得笑出了声。

我很庆幸自己那时没有放弃写作，虽然尚不能大富大贵，但至少已经能将写作当作安身立命的工作。作为回报，杨帆为流浪动物义诊的时候，我总是呼朋唤友带上大量食物前去帮忙。在那些拮据苦累的日子里，杨帆给了我莫大的勇气和支持。

这个世界上没有两片完全相同的树叶，也没有完全相同的两个人，但这个世界上有上万种类似的树叶和平庸的芸芸众生，别致毓秀的树叶和卓绝不凡的人都是极少数的。

主流的力量强大而可怕，总有人指导你应该做什么不应该做什么，他们像一把无形的剪刀，把大部分树叶剪裁成相同的形状，又像有魔力的化妆笔，将我们修改成最容易泯于众生的大众化脸谱。

就拿职业来说，家境一般的人从事艺术类总会被嗤笑，饭都吃不饱搞什么艺术？而像杨帆那些出身优越的也未必自由，或者被要求继承家族事业，或者被父母指定至少做一份"体面"的工作。

上次见面时，杨帆说他爸爸一个朋友的女儿也想当动物医生，吓得她爸妈立刻将她送去了巴黎。他们情愿自己的女儿念一个无关紧要的专业，或者当一个三年不出两幅作品的画家，也不能容忍自己的女儿和杨帆一样当兽医。

什么样的选择，成就什么样的人生。我们要做自己，就不能被别人任意修改创造。

是苦是甜，源于最初的选择

几年前，我认识了一对很有意思的双胞胎兄弟，大的叫大志，小的叫小志。大志循规蹈矩老成持重，小志活泼有趣花样百出；大志敬业爱岗在一家公司一待数年，小志隔三差五炒老板鱿鱼，不是在跳槽就是在跳槽的路上。除了长着一张几乎完全相同的面孔，两人再没有相似的地方，也没有心电感应。

有次大志被摩托车撞了，按说作为双胞胎，小志应该心脏猛地被揪一下，或者出现眼皮突然跳起来等类似征兆，可是没有。大志四仰八叉躺在事故现场的时候，小志正在电影院看喜剧片，笑得呲牙咧嘴两眼没缝儿。事后，小志虽然不是肇事机车手，还是被妈妈痛骂一顿，因为他"没心没肺没第六感"。

　　这种莫须有的罪名，在小志漫长的成长过程中早已司空见惯。小志不但承认了错误，还做出补救措施——他愿意以大志的身份替他去上班。当时大志刚应聘于一家实力不错的台资制衣公司做财务，还没过试用期，如果这时请病假对他极为不利。

　　这份工作薪水非常丰厚，大志权衡良久，决定冒险让小志顶替他去上班。小志的专业也是财务，虽然补考了几次才毕业，但凭大志之前的努力，只要小志不搞出乱子就足以顺利留职。大志一再叮嘱小志少说话也少做事，尽量做隐形人，他不希望小志立下任何奇功，只要不被识破就阿弥陀佛谢天谢地。

　　当时我就觉得让小志泯于众人的难度很大，他是那种到哪里都得整出点动静的人。后来事情的发展果然不出我所料，小志进公司后很快和大家打成一片，上班时勇于表达自己的不同观点，下班时敢和老板挤电梯。小志的热情洋溢大胆果敢和大志的沉稳缜密截然不同，大家一开始还以为这位实习职员有人格分裂，后来不幸穿帮，才知道压根就是两个人。

　　事情进行到这里，摊上一般的老总，不管是大志还是小志，这位新人的实习生涯都该提前结束了。妙的是这位台湾老板也是个奇人，他知道真相后第一反应是这事怪有趣，接下来就分析大志和小志的具体情况，打算择一留下来。后来一分析，小志头脑灵活敢于创新难能可贵，大志沉稳踏实也是可用的人才，于是就两个都留下了。

　　小志误打误撞进了大志就职的公司，这对颜值不低的双胞胎同进同出，曾一度引起轰动。这种情形并没有持续太久，小志在财务待了两个月，时常临窗作远眺沉思状，后来果然静极思动，开始投其所好见缝插针拍老板马屁。这位台湾老板本来就对他印象不错，加上他刻意经营，很快就成了公司里的红人。就在大家以为他有大的图谋时，小志主动向老板提出想做他的秘书。

小志这一决定，让满公司的人大跌眼镜。"做秘书和做财务工资差不多，做秘书工作量可就大多了，你学的又不是这个专业，出点问题还得担责任，你说你是怎么想的？"大志当着我的面，没好意思骂他脑子进水。小志看看我，又看看他哥，眨巴眨巴眼睛："你们知道那个台湾老板一年赚多少钱吗？做财务几辈子也挣不了那么多，我想做老板。"

这么一来，小志要给台湾老板当秘书就非常合理了。《甄嬛传》里祺贵人刚进宫的时候，皇后娘娘派她到甄嬛身边当卧底，说的就是"想做一个宠妃最好的办法，那就是日日看着别人如何做一个宠妃"。那么想做一个老板，最好的办法当然也就是日日看着别人如何做老板了。

大志半天说不出话来，默默看了我一眼。他本来拉上我是帮忙劝劝小志的，此时我也哑口无言。不想当将军的士兵不是好士兵，不想当老板的财务也不是好财务，人家抱负不凡志存高远，我们再饶舌越发显得燕雀不知鸿鹄之志了。

小志就这样当上了台湾老板的秘书，如大志所说，这份跨专业的工作既苦且累，还担责任。收发各种文件还是小事，小志年轻聪明很快就上手了，百忙之中还能发现老板的茶水热不热，以便及时更换。

要命的是每天送进来的一摞摞的样布，小志为了熟记各种型号各种质地见布就摸，几乎到了向穿新衣的女同事伸出魔爪的地步。尽管小志全身心投入，中间还是出过好几次纰漏，被两次口头批评一次扣除当月奖金。就这样过了小半年，小志才熟通各种事务。此时大志因为业务突出，升了财务部副主任，小志这时又要求进了销售。

大志和小志就这样在同一家公司不同的轨道上运行着，等到大志职务上的那个副字去掉的时候，小志已经在各个部门轮流待了一圈，最后跑到生产车间去了。生产第一线永远是繁忙的，小志夹着尺寸表屁颠屁颠往样板房跑，眼睛练得火眼金睛似的，看一眼女的就知道肩宽、袖长、胸围各多少。

大志这回沉不住气了："你再折腾就得去当缝纫工人了，就是把本事都学到手，你拿啥创业啊？与其浪费时间学用不上的屠龙术，还不如干好专业稳定发展呢！""我相信一句话，当你想做一件事时，全世界都会为你让路。"小志自信满满地说，"一定会有办法的！"

小志的机遇终于来了，台湾老板一个同乡的小厂因为经营不善，濒临倒闭。这个小厂其实只能算是个作坊，只有十来个人，机器厂房都很简陋。台湾老板非常欣赏小志，让他盘下来，答应分一些小额订单扶持他。这可是上百万的投资，小志个人存款只有五个零，这么多钱从哪来呢？

小志睁着眼睛一夜没睡，第二天偷了家里的房产证就去银行抵押贷款了。他妈知道后气得当场背过气去，醒来后拿着扫把追着打了他好几条街，哭着骂"生大志一个多好，多这个小孽障就是个讨债鬼"，大志拉都拉不住。这件事当时非常轰动，街坊邻居没有不知道的。

小志创业阶段的艰辛不再赘述，大家一想既知，当年只有十来个人的作坊在他的经营下已经发展到上百人，可以像模像样地接大单了。虽然暂时没有台湾老板那么牛，但每年挣的钱已经让大志望尘莫及。

上个月，大志被一个后台很硬的同事排挤，明里暗里受了不少气。他赌气递了辞呈，这跟古代的谏臣作势要辞官一样都是行为艺术，不过就是撒撒娇表示一下不满而已。不料老板竟然批了，还深明大义表示理解："虽然我也希望你能留下来，不过老话说打虎亲兄弟上阵父子兵，小志那边忙，你要过去也是应该的。"

大志骑虎难下，也说不出别的，只好离开了工作了整整六年的公司。现在大志就在小志厂里管财务，尽管小志对他礼遇有加，大志还是觉得别扭。从小到大都是他管弟弟，现在被弟弟管，一时心里转不过弯来。再加上小志在家里的地位直线上升，已经有超过他的势头，个中滋味可想而知。

我常常想，如果大志和小志之间是一场博弈，那胜负在两人决定要走的职业之路时早已分明。正所谓选择比努力更重要，即使大志没有从台湾老板那里辞职，在一个规模不甚宏大的私企里面，他的事业也早已登上了巅峰，没有再能提升的空间。安逸封闭的环境激发不出他更多的潜能，尚未搏击长空的羽翼就逐渐退化了。

　　小志身上当然具备所有成功者必备的素质，有眼光、有才干、有毅力，他还遇到了贵人，得到台湾老板的鼎力相助。但是，这一切都在他做出最初的选择并为之努力后才有意义。每一天的生活都不是突如其来的，事无巨细，我们每时每刻都在做着选择。

　　今天的得意或落魄，必然是我们昨天的选择，而明天苦逼还是牛逼，则在于我们今天怎么做。

所谓成熟，并不是学会妥协

　　那天几个朋友聚餐，孟川带来一个叫杨树的年轻人，是他抱石馆的合伙人。据孟川说，杨树虽然只有二十五岁，却有长达七年的攀岩经验，是他们那次攀登船长峰活动中年龄最小的队员。我听了，不由得多看了他两眼。

　　杨树长得并不特别出众，但眉目间有股英挺之色，加上常年从事户外运动，举手投足干脆利索，很容易让人产生好感。在接下来的聊天中，杨树出人意料的表现让我不由得刮目相看。当时一个朋友正在吐槽工作上的烦恼，诸如上司欣赏不了他的文案创意，同事之间的勾心斗角等等，称每天上班的心情都跟上坟似的。

　　这早已是老生常谈，我们听多了已经不大走心。杨树是第一次听到，于是诚恳地建议："既然那么不开心，就辞职好了。""做得不开心就辞职，那不得天天换工作？"这位朋友苦笑，"你还年轻，等你成熟后就不会这样说了。"杨树听了，认真地问："那你觉得一个人怎么样才算成熟呢？"

"接受生活中的各种不如意，然后继续热情地拥抱生活。"朋友对成熟的定义还是非常靠谱的，大家纷纷点头。杨树听了却不以为然，笑了笑说："你的意思是指一再妥协吗？"朋友意外："人生不如意十之八九，一个人成熟的过程，不就是和现实不断妥协的过程吗？"

"你说的是从一个有志青年沦为平庸中年大叔的过程，这和成熟是两码事，成熟应该是拥有随心所欲地生活的权利和能力。"杨树认真地说，"磨平棱角，放弃梦想，变得和大部分人一样就是成熟，这从头到尾就是一个误解。"

"随心所欲地生活？"朋友笑起来，"渴望随心所欲地生活，这本身就是不成熟的表现好吧？"杨树听了后神情复杂，忍不住问了一句："难道你们现在过的都不是自己想要的生活？"这个提问让大家为之一怔，有些蒙尘许久的东西被触动了。

"自己想要的生活"，哪一个人不曾憧憬过？就我们这一拨人来说，当年也是个个志存高远，有想当画家到处采风写生的，也有抱着吉他自弹自唱希望成为歌手的，吐槽的这位朋友以前是文青，一度想当诗人。大部分人都是说说就算了，到了选择专业的时候，有的内心挣扎一下，有的连争取一下都没有就"理智"地放弃了。杨树的不同之处在于，不管道路如何迂回，中间遇到怎样的诱惑，预设的终点都没有改变过。

如果说体能和技术是攀岩的基础，杨树为了能站在"基础"的水平线上和队友们一起训练，他已经付出了大量的努力和心血。攀岩是非常烧钱的户外运动，装备和外出经费都是庞大的开支。

孟川家境优越，平时没为钱烦恼过，当初刚参加攀岩团队时还刷光了自己的卡。后来实在没办法，孟川就跑回家找妈妈撒娇卖萌，妈妈每次一给就是上万，而杨树就没有那么幸运了。杨树出生在一个普通家庭，爸爸是厨师，妈妈守着一个水果摊子。维持一家人安稳过日子没有问题，但不可能支持他这么昂贵的爱好，杨树必须自己想办法。

为了筹钱，杨树送过快递，去肯德基兼过职，在保洁公司时还洗过厕所。那段时间他同时打三四份工，一天只能睡三个小时，赶场似的马不停蹄，终于存够了人生中第一笔活动经费。杨树跟着队友们驱车来到未经开发的山区，那一刻觉得之前所有的辛苦都值得了。

然而第一次实战并不顺利，杨树因为经费有限，购买装备时就选择了便宜一些的，结果在翻过一块突出的岩壁时安全锁扣崩坏了一只。杨树整个人从半山腰跌撞下滑，幸好另一只安全锁扣牢固才没出大事故，但他身上多处擦伤，左肩撞得尤其厉害，在医院住了半个多月。

"当时我已经撞得半死不活了，孟川还落井下石踢了我一脚，问我省这个钱是不是不要命了。"杨树笑着说，现在谈起这件事他已经从容自若云淡风轻。我却不禁动容，孟川也曾在训练时受过伤，他们承受的艰辛和风险是我们无法想象的，如果不是真的热爱，大约真的很难坚持。

经过那件事，杨树选择"妥协"了。攀岩不像旅游，有钱的豪华自驾游没钱就穷游，这个行业必须要有精良的专业装备作保障。要想长远发展，他得先找一条赚钱的路子。杨树多番考察，有一次帮妈妈去水果批发市场拉水果时发现了商机，开始利用两地差价倒腾水果批发。杨树具有经商天赋，生意越做越顺手，两年之后已经是个钱包鼓鼓的小老板了。

如果按照这个路子发展，杨树以后的路会越走越顺，越走越宽的。换了大多数人，大概都会沿着这条路走下去，继续发展壮大事业，毕竟这才是主流价值观对一个男人成功与否的衡量标准。杨树此时却做了一个亲戚朋友都无法理解的决定，他积蓄了一大笔钱后，选择了结束生意，继续跑去攀岩了。

"当时大家都不理解，认为我是头脑发昏了，他们忘了我做生意赚钱原本就是以退为进，为攀岩做准备。"杨树笑笑说，"我不过是坚持既定目标，如果放弃攀岩，继续做生意才是真的本末倒置，那才真是对生活妥协了。"

大家听完后很受触动，为了生存压力吃尽苦头而放弃梦想的例子比比皆是，像杨树这样在"成功"之路上抽身而退，为了过自己想要的生活继续自讨苦吃，有几个人能做到？

"你说的很有道理，我也很佩服你的勇气，不过你是尚未成家，一人吃饱全家不饿。我已经结了婚，还有了孩子，怎么能那么任性啊？"被杨树建议辞职的朋友立刻找到他们的不同之处，继续自怨自艾。杨树笑笑说："那你的情况和李安差不多，李安在成名前也已经娶妻生子。"

杨树接着说起李安，李安的梦想是当导演，在成名前却连赞助都拉不到，一直做着帮剧组看器材、剪辑助理、剧务等工作。他读书、看片、写剧本，拿着完成的剧本到处找影视公司，最惨的时候两个星期被三十多家公司拒绝，尝尽白眼冷落。

那时的李安年近三十，大儿子李涵已经出生，日常开支仅靠妻子支撑，生活压力可想而知。古人说三十而立，李安不能挣钱养家，只顾闷头做着虚无缥缈的导演梦，这样任性而不成熟的行为招来岳父母的不满。他们拿出自己的积蓄交给女儿，让李安用这笔钱开个餐馆，至少能养家糊口。这件事深深伤害了李安的自尊，幸好妻子理解他，拒绝了父母的资助。

李安第一次清醒地意识到自己的现状，连续几个晚上辗转反侧无法入睡。"也许这辈子电影梦离我太远了，还是面对现实吧！"迫于生活的压力，李安选择了"妥协"，他去社区大学看了半天，最后心酸地报了一门电脑课程。在当时，电脑是他可以在最短时间内掌握的一技之长。幸运的是李安的妻子非常支持他搞电影，让他一定要记得心里的梦想。

"学电脑的人那么多，不差你李安一个。你要想拿到奥斯卡的小金人，就一定要保证心里有梦想。"妻子的支持让李安避免了为无谓的事分散精力，得以全身心地投入到电影事业中去，这也是他能在短短几年后就凭借剧本《推手》获得台湾优秀剧作奖的原因。

这次获奖，40万的奖金为李安带来了第一次独立执导影片的机会。李安的梦想正式启航，作品相继问世，其中《卧虎藏龙》《断背山》《少年派的奇幻漂流》让他多次荣获国际大奖，两度捧回奥斯卡最佳导演奖的小金人。如果那时李安妥协改行，我们今天就不可能看到这些优秀的作品，世界上少了一个无可替代的导演，多的不过是一个默默无闻的程序员。

"我们总是拿现实当借口，为了谋衣糊口不得不做一份自己并不喜欢的工作，好像追求自己想过的生活就一定会饿死。事实上我现在攀岩、开抱石馆收入并不比经营水果收入低，我庆幸自己不曾轻易妥协。"杨树深有感触，诚恳地说，"其实经济并不是最大的阻力，有句话说得好，钱能解决的问题都不是问题，而钱是流动的，你缺就去挣，然后继续去做你想做的事，过你想过的生活。"

大家听了陷入短暂的沉寂，思考为了活成世俗意义上的"成熟"，自己放弃了多少该坚持的东西，做了多少不抵抗的妥协。我由衷赞同杨树的观点，成熟应该是拥有能随心所欲生活的权利和能力，和放弃，和妥协都没有太大关系。

向鱼问水，向马问路

陶桃毕生最大的梦想就是拥有一家自己的咖啡馆，几经周折终于租下一栋办公楼的顶楼，心愿得偿。按她的原定计划，现在应该有大量藤蔓植物爬满屋顶，来光顾的剩斗士白骨精们如置身于天然植物园般，可以一边喝咖啡一边享受心有猛虎细嗅蔷薇的意境。

然而现实是残酷的，我去的时候只看到光秃秃的顶棚和干枯的蔓藤，这已经是第三批死掉的植物了。陶桃一开始种的是花店老板推荐的生命力强的蔷薇、紫藤、凌霄等，没几天就死了。后来上网咨询，一个植物学专家说顶楼日照时间长平均温度过高，推荐她种原产南非的黑眼苏珊，结果也没活过一个月。陶桃急得上火，没有植物顶棚，谁没事上来晒日光浴啊？

　　我正在帮她想办法，朋友冯君打来电话，要请我们吃饭。冯君是我们多年的故交，今天到一家公司应聘行政部门管理，看来事情成了。哪知一见面才知道，冯君居然被刷了下来。奇就奇在他面试虽然没成功，整个人却红光满面意气风发，一本正经地问："你们觉得最难遇到、一旦遇到就足以改变人生的是哪种人？"

　　"有情郎和伯乐呗！"我答，"老祖宗不是早就告诉我们了吗？易求无价宝难得有情郎，千里马常有而伯乐不常有。"冯君摇头。陶桃有气无力地说："我不要有情郎，也不要伯乐，现在谁能教我养植物就能救我一条贱命……"

　　"陶桃的答案很接近了，"冯君双眸璀璨明亮，"我个人认为，是在最恰当的时候遇到最能帮助你的人。他能以专业水准帮你分析自身优势，策划就业方向，使你的个人能力不断成长，事业得到最大发展。"我侧头略一思索，问："你是说职业规划师吗？"

　　冯君哑然，好像第一次想起来还有干这行的人，于是自动跳过这个问题："咱们还是先说说我今天面试的情况吧！"冯君说负责面试的是一位姓陈的副总，四十岁左右，看起来睿智练达不怒自威。当天和冯君一起参加面试的还有两名年轻人，陈总为了节约时间成本提高效率，安排他们三个人同时面试。三人面面相觑，显然都没有过这样面试的经历，但谁也没有提出异议。

　　此时的局面已经非常微妙，看似他们同一阵线在和陈总对垒，其实三个人心里都明白，这次只有一个职位，他们之间才是对手。这个时候敌不动我不动，当然谁都不想节外生枝。好在陈总接下来并没有再出幺蛾子，翻看了三人的简历，问了几个正常范围内的问题。三个人资历实力都相当，回答问题也是滴水不漏伯仲难分，看不出谁有明显不足，也看不出谁更胜一筹。

"最初开始工作的时候，是什么促使你们选择了行政呢？"陈总话题一转，闲闲问道。第一个回答的年轻人从热爱行政管理开始阐述，巴拉巴拉长篇大论起来。冯君有些发蒙，细想起来与其说是他选择了行政，还不如说是行政选择了他。他大学学的并不是管理，当时一心想进那家待遇丰厚的公司，刚好人事部有个空缺的职位，就应聘了进去。真正做起来后倒也顺手，于是一待就是三年。

今年夏天的时候，冯君的父亲忽然中风，家里离不开人，于是他选择了辞职回到家乡发展。积累了三年的工作经验，他今天应聘行政觉得理所当然，从没想过自己是否真的热爱这个岗位。轮到冯君回答的时候，他没有说那些空话，而是将实情说了出来。

陈总听完并没表现出什么不同，又问了他们一些情况就宣布面试结束，让他们回去等结果。但是，陈总让冯君留下，说是还有些问题要进一步了解下。另外两名年轻人出去的时候，看冯君的眼神羡慕而不服，连冯君自己都觉得他的胜算更大些。等陈总敲着他的简历说"你是厦大的？我也是"时，冯君觉得这事已经板上钉钉了。

等到只有他们两个人时，陈总亲切地说："看在咱们校友的情分，我徇一次私，可以提前透露一下你没有被录用。"冯君一愣："那你还让我留下来，是有别的什么事吗？"陈总笑笑："没有，就是离下班还有一段时间，想和你聊聊天。"冯君默默无语，此时内心是凌乱的：把人家刷下来还要求陪聊，陈总你这么任性真的好吗？

冯君当时并不知道，接下来的一番谈话足以让他受用终生。

陈总先从自己说起，当初他也和冯君一样糊里糊涂干了行政。陈总的实力是不容置疑的，不到一年就升了职，几年后成为了部门一把手，可谓春风得意踌躇满志。然而接下来就是漫长的瓶颈期，他的职位已经升无可升，薪水涨到一定程度也开始停滞不前了。

这时他发现了一个更为残酷的现象，虽然他在本部门内说一不二，但在公司核心管理层却明显不够权威，甚至一些主要部门的负责人职位比他低，说话都比他有力度。而公司的高层，基本都是由主要部门升上去的。陈总当时就惊出一身冷汗，觉醒后开始图变，经过漫长的努力之后才做到现在的位置。

"为什么刚进公司不知道能干什么的人往往被分去行政？因为行政门槛低，不像别的部门对能力要求那么高，只要勤恳认真一般都不会出什么岔子。但也正因为如此，这个岗位的价值和上升空间也非常有限。"陈总推心置腹地说，"你现在正是敢打敢拼的时候，如果你留恋所谓的经验、资历不愿换岗位，能力和勇气就会白白地消磨掉。所以我不能录用你，你应该慎重思考一下未来的发展方向。"

冯君听完后非常震撼，茅塞顿开醍醐灌顶已经不足以形容那种彻悟了。接下来他虚心求教，陈总知无不言言无不尽，替他指出一条能长远发展的明路。离开的时候，冯君一再表示感谢，最后问："陈总，第一次见面就蒙你赐教，只是因为我们是校友吗？"陈总怔了一下，笑着答："或者还因为我当初四处求职的时候，家父也在病中吧！"

我和陶桃听到这里，都很感动。

"任何岗位都有利弊，在职业规划师看来，行政的稳定、风险低也是优点吧？陈总在这个行业摸爬滚打多年，每一句都是切身体会、血泪经验，这两者能相同吗？"冯君慷慨激昂，"如果我遇到的是一个二把刀的职业规划师，说不定还更加坚定这个岗位，那还不如不问呢！"

我福至心灵，豁然明白症结所在，扭头默默看了陶桃一眼。果然，陶桃哀号起来："不是所有的植物都养不活，是我遇见的都是二把刀……"

冯君莫名其妙，了解到陶桃的困境后大包大揽："这有什么难的？我有个亲戚在花卉基地干了半辈子，差一点的专家教授还比不上他，在植物学圈子里也算是白衣卿相了。放心，这事包在我身上！"陶桃一听，感动得立刻抢着结账，拉着冯君就找他那位亲戚去了。

那位白衣卿相果然不同凡响，实地考察了陶桃的咖啡馆，不建议她种花，而是种药。他教陶桃种的是何首乌，不仅易活、有药效，还因为有另一个小卖点。何首乌又叫夜交藤，到了夜里雄株和雌株会藤蔓缠绕花叶相交，到时候就成为陶桃店里别具一格的特色。两个月后何首乌枝繁叶茂，顶棚已经一派盎然生机，其中不少人是冲着夜交藤而来的。

我一向崇尚"要看得远就站在巨人的肩膀上"这句名言，一个人的时间精力是有限的，不可能面面俱到样样精通，积极吸收他人的经验成果才是成长的捷径，任何行业莫不如是。如果得到陈总和白衣卿相们的点拨，必然能少走弯路，更稳更快地向目标前进。

只是现在人才资源太过充沛，一块砖从楼上掉下来砸到三个人，其中必有一个某领域的专家教授，另一个则是教你如何生活的人生导师。在这样的情况下，问对人显得尤为重要。向鱼问水，向马问路，才能得到你想要的答案，问道于盲和问到二把刀的后果同样糟糕。

CHAPTER 4

熬过一阵子，幸福一辈子

世界那么乱，

软弱给谁看？

要做杨过，先熬过这十六年

丁哲是我好朋友的弟弟，也是我男性朋友中年龄最小的一个，小鲜肉款，帅得肆无忌惮。每次和他走在一起，我的回头率都能捎带着涨高不少。只是同样是注目礼，女孩们看他时秀色可餐垂涎欲滴，看我时就翻个白眼，一副"凭你也能吃嫩草"的鄙夷不屑。我一点儿也不介意，就喜欢她们那种看我不顺眼又不能打我的样子。

丁哲是有女朋友的，叫朱颜。丁哲高兴的时候叫她"猪猪"，生气的时候叫她"猪头"，而朱颜高兴不高兴都叫他"过儿"。朱颜五官清秀，眼睛灵动有神，但远远称不上惊艳。按说找到丁哲这样的男朋友应该知足，但朱颜显然并不这样以为，上个星期她主动提出分手了。

丁哲一开始以为她在闹脾气，因为那天看电影时朱颜要看《前任大作战》，丁哲嫌垃圾看到一半就自己先回家打游戏了，然后当天晚上就接到朱颜提出分手的电话。丁哲说自己"忍气吞声"哄了她半个小时，朱颜不为所动，后来才承认自己喜欢上了别人。丁哲的姐姐出国后，他有事基本直接跑来找我。他巴拉巴拉狂吐槽的时候，我不敢说其实朱颜和他分手之前，已经找我谈过一次。

据朱颜自己说，吴先生和她们公司有业务往来，两人是参加联谊活动时认识的。面对吴先生的追求，朱颜一开始是拒绝的。吴先生没有给她压力，只请求做好朋友，然后润物细无声地渗入了她的生活。他温润谦和，体贴入微，朱颜在丁哲身上从来没有见到过这些特质，说不动心是假的。

那天丁哲把她扔在电影院，她一个人看完下半场，出来时下雨了。看到别的女孩儿被男友搂在怀里躲雨，她忍了许久的眼泪一下就汹涌而出。刚好吴先生打电话问她在做什么，得知后急忙开车赶过来送她回家。

让朱颜最终做出决定的，是吴先生到她家之后的表现。如果是丁哲，那接下来就只有一种情况了，他的拿手好戏就是壁咚加强势推倒，但吴先生不是。吴先生怕她受寒，去厨房找到生姜和红糖，熬了糖水给她。然后陪她聊了一会儿天，礼貌地告辞了。

"不管你信不信，我和他之间至今清白如水，不曾越轨。我既然决定接受他，就只能先和你结束，这是我的底线。"朱颜和丁哲分手时这么说。丁哲既惊且怒，感觉受到了一万点的伤害，在他看来精神出轨和身体出轨一样无法原谅。但朱颜这次并不需要他的原谅，很冷静地讲清楚就离开了，吴先生的车就停在外面。

"她说过她是一条鱼，我是她水里的空气，离开我就无法呼吸。她还说我长得像古天乐版的杨过，感谢我满足她对神雕侠侣式爱情的幻想……"丁哲哪里吃过这种亏，气得脸都白了，"骗子！这个恶毒的女人从头到尾就是一个大骗子！"

我这才知道"过儿"的称呼出自何处，仔细凝视他片刻，公允地说："起码后一条不是，你的确长得挺像古天乐的！""姐，你知道她说什么吗？她说现在吴先生才是她想要的杨过。我呸，傍大款还标榜什么真爱啊？要是那个姓吴的没公司没豪宅不会哄女孩儿开心，她还会跟着人家吗？"丁哲忿忿不已。

遗憾的是，吴先生有一家不大不小的公司，有一栋称不上豪华但绝对宽敞舒适的大房子，他还非常擅于讨女孩子开心，这是岁月的馈赠。吴先生这种年龄的男人在滚滚红尘摸爬滚打多年，爱过痛过疯狂过失去过，他十分清楚小女友需要什么并有实力满足，这是丁哲难以望其项背的优势。

对于丁哲的声讨，我忍不住问："你为什么觉得朱颜和你在一起才是真爱，和吴先生在一起就是图人家钱呢？""不然她还图啥？"丁哲一愣，茫然地问。我叹了一口气，说："别怪姐说话直，在朱颜看来你们都是杨过不假，只不过你还是刚被郭靖找到并接到桃花岛的初级版，而吴先生已经是十六年后独步江湖的升级版了。"

丁哲似有所悟，想了一会儿愤然道："我总不能卸掉一条膀子吧？再说那个姓吴的也不是残疾呀！"

看来智商和颜值真的没有一毛钱关系，我白他一眼，说："别忙着自残，实力达不到就算截肢也没用，你们中间隔着全真教、古墓派、蛤蟆功、打狗棒法、弹指神通以及部分九阴真经的距离。"

"姐，你的意思是我某些方面不如那个姓吴的？"丁哲终于开窍了，开始自省。我摇了摇头："不是某些方面，是除了帅、你没有一个方面能比得上吴先生。"

丁哲明显被伤到了，冷笑一声："你们女人都是一个样，功利、虚荣、世俗！标榜自己喜欢熟男、萌大叔，广场那个卖彩虹圈的大叔多萌啊，甩彩虹圈跟耍杂技似的，咋不见你们哭着喊着要嫁给他呢？"

"现在我来问你，你如实回答是，还是不是。""是，可是我打算……"丁哲试图解释。我打断他："所有不付诸行动的计划都是画饼充饥，不必解释，只要回答是，或不是。"

我喝住他，盯着他的眼睛问，"吴先生有一家公司，自己朝九晚五事必躬亲，你辞职后迟迟没找新工作，是不是？""吴先生靠自己打拼，先买了一套二手房，有钱后又换了一套适合安家的大房子，而你现在无房，等着你姐出首付是不是？"我又问。丁哲瞪大眼睛，他知道我和他姐聊天细致到他姐夫穿多大码的内裤，这等大事岂有不知情的，只好如实回答："是！"

"吴先生载朱颜出去会先检查车，唯恐有安全隐患，而你带着朱颜在高速上飙过摩托车是不是？""是。"

"晚上超过10点，吴先生怕影响朱颜休息绝对不找她聊天，而你一聊就到12点不是你自己困了绝不说晚安是不是？""是……"

丁哲声音越来越低，残酷的问答模式完全暴露了他自身的问题，忽然他抬头疑惑地问："姐，你怎么那么清楚姓吴的情况？还有他和朱颜交往的细节……"

"这是重点吗？"我避开这个问题，使劲敲打他，"这不是重点好吧？吴先生不偷不抢，身家资历都是自己挣来的。他既未娶，朱颜也没嫁你，他们在一起有什么不可以？你技不如人就该发奋用功，该去独孤前辈坟前拜师就去拜师，该自创黯然销魂掌就去创黯然销魂掌，自欺欺人牢骚满腹有个鬼用？"

响鼓不用重锤敲，可惜丁哲不是，我费了九牛二虎之力才让他明白帅不是万能的，年纪轻轻更不可仇富。在现实生活中，像丁哲这样的年轻人不在少数，有的还既穷且丑。他们不是大骂那些老男人有俩臭钱就了不起，就是抱怨女孩儿们虚荣拜金，唯独不在自身找原因。

没有谁的人生不用吃苦，王思聪身为终极富二代，自己还要创业成就人生；也没有谁仅靠帅就能呼风唤雨快意一生，古天乐够帅吧？他曾经一年拍七部戏，每天只能睡四个钟头。

看过《神雕侠侣》原著的朋友都知道，杨过不仅拥有小龙女至死不渝的爱恋，还收获了白富美郭襄的一生深情。你羡慕在风陵渡口，郭襄仰慕杨过的神情吗？羡慕的话，就先熬过这十六年。

没有中间十六年的磨炼锻打，神雕大侠早已是泯于众生的路人甲。

没有白吃的饭，没有白流的汗

前段时间我状态非常不好，交的书稿迟迟没有通过审核不说，帮朋友弄的网剧已经写了三分之二，却被告知项目黄了。朋友心里过意不去，为了表示歉意提出请我吃饭。我在电话里怒不可遏地问候她祖宗十八代，请我吃饭？我宅在家里蓬头垢面写了两个月，就值一顿饭？

"空蝉怀石料理，要不要来？"朋友为了安抚我下了血本，隔着电话我都能想象她割肉的表情。据说这家贵到云端的日本料理两千多一位，能吃出美学和禅意。我对美食完全没有抵抗力，权衡之下决定赴约，如果到时候还是难解心头之恨，那就吃完之后再掐死她吧！这时我又发现了一个更为严重的问题，上个月买的裙子又紧了。

　　长期以来的熬夜、久坐、垃圾食品让我的腰粗了一圈，减肥已经迫在眉睫。当我用皮包遮挡着腹部走进风雅的包厢时，眼尖又八卦的朋友立刻就发现了，并且成功地把话题从剧本转移到了减肥上。在接下来的时间里，她详细论述了身材对女人的重要性，建议我开始跑步健身。

　　我哀怨地看了她一眼，说："前几天网上才曝出一个舞蹈老师夜跑被害了，我不想死。""安全当然还是很重要的，而且我对你的毅力也没什么信心。这样吧，我帮你联系一位陪跑员，体能好、颜值高，费用我来付，谁让我们是最好的朋友呢？"她拍着胸脯，义薄云天地说，我也就却之不恭了。

　　迟海就这样成了我的陪跑员，朋友总算言而有信了一次，迟海虽然不是360度无死角的帅，但也相当耐看，而且胜在身材高大，很有男性气概。我和迟海一起跑步的时候，身边就像跟了个保镖似的，相当威风。

　　迟海非常专业，根据我的情况量身制定方案，让我不要急于求成，循序渐进才能平稳减重。为免我感觉枯燥坚持不下去，他一边跑还一边陪我聊天。有次我问他怎么选择当陪跑员，他竟有点不好意思，一米八的大汉脸红起来。我见状更加好奇，不停催促："说呀，是不是有什么故事？"

　　"其实也没什么，我也没想过自己会干这个，刚开始跑步的时候就为了能把体重减下来。"迟海说他从小就胖，体重最高的时候达到180多斤，肚子上的肥肉一抓一大把。别看他现在眼睛挺大，没减肥的时候脸像肿了一样，把眼睛都挤成了一道儿缝。

当时他们公司来了一位女神级别的妹子，迟海对她一见钟情，立刻发起猛烈攻势。女神当然看不上他，一开始还能保持正常的客气态度，开玩笑地说："你180斤，我还不到90，咱们不是一个重量级的啊！"后来迟海围追堵截，女神没办法，就跟他讲了一个故事。

女神说有一个昆虫实验室，里面养了不少昆虫，其中就有一对蝎子。这对蝎子被封在玻璃器皿里，有一天不知道什么原因，母蝎子突然死了。工作人员为了合理利用资源，就把那只母蝎子的尸体拿出来去做标本了。从那天开始，留在器皿里的公蝎子开始绝食，即使给它最肥美的食物，它也不看一眼。眼看一天天过去，公蝎子精神越来越萎靡不振，终于在两个星期后，它把自己的毒刺刺入了自己的软骨自杀了。

"你知道公蝎子为什么自杀之前两个星期不吃东西吗？"女神问。迟海激动地说："因为痴情呗，它情深意重对母蝎子念念不忘，真是太感人了！""因为公蝎子太胖了，想自杀却够不到自己的软骨，所以只好先饿两个星期。"女神回答，迟海一下愣住了。"你看，胖子连殉情都做不到。"女神摊摊手，"你老人家托塔天王似的，整个一坨移动脂肪，站我跟前都挡信号。想追我，先瘦下来再说吧！"

"当时我非常尴尬难受，第一次发现胖是一件这么让人恶心的事。"迟海故作轻松地笑笑，依然难掩受伤的神情。我对此感同身受，别人多看我一眼，我都怀疑是在讥笑我长得胖。要是有人说我是一坨移动脂肪，我铁定杀了他全家。

　　"然后，你就开始减肥了？"我小心翼翼地问。迟海点点头，说他刚开始急于快速瘦下来，节食加剧烈运动，身体很快就吃不消了。有次做引体向上的时候，忽然眼前发黑，两手一软就掉下来了。"当时醒来后，我躺着动不了，没有病，就是饿的。"迟海苦笑，"楚王好细腰，宫中多饿死，可一个大男人饿得晕倒的你见过吗？"我心有戚戚焉，哪个胖子没有一部辛酸的减肥史呢？

　　"我知道再那么减下去肯定是不行了，于是开始调整方案，合理饮食加每天慢跑。我跑了一年零四个月，风雨无阻，没有一天间断过。"迟海说话时长长地呼出一口气，那是付出艰辛努力后终于得到回报的感慨，"就像你现在看到的这样，我终于瘦下来了。"

　　"那你的女神呢？她接受你了吗？"我更关心这个问题，急不可待地问。"没有，她嫁了一个开宝马的富二代，早就辞职做少奶奶去了。"迟海坦然地说。我为他愤愤不平起来："这样的女人，真不值得你为她吃那么多苦！""其实我倒是很感激她，"迟海正色说，"虽然我没能追到她，但我付出的努力并没有白费。如果不是被她刺激一下，我那时候根本没有动力减肥。"

　　迟海说经过一年多的锻炼成功瘦身以后，他感觉宛如再生，从心里爱上了运动的感觉。现在他利用业余时间陪跑，既能锻炼身体，又能挣不少外快。"我还在开拓其他健身项目，打算把健身当事业做下去。"迟海信心十足地说，"我们老家有句话，没有白吃的饭，没有白流的汗。这也算是我得到的意外回报吧！"

　　我被迟海的坚韧、豁达感动了，忽然想起一个问题："我朋友请你陪我跑步，付了多少钱？"迟海再次脸红起来，我深感可疑，果然他承认在追我朋友，压根没有收钱。我咬牙切齿地说："贱人啊，果然是她的风格！""其实上次的事，她觉得很对不住你，现在天天跑出去推荐你的本子呢！"迟海为她说话，我听了不语，心里却真的没有那么介怀了。

　　尽管朋友很努力地到处推荐，那个网剧本子还是无人问津，最终废掉了。这件事过去很久之后，我身上的赘肉几乎甩掉得差不多时，感谢一位前辈提携，将她无暇兼顾的本子交给了我。有了上次的经验，我写得非常顺畅出彩，本子全票通过了。

　　万事如意只是新年时大家的美好祝愿，现实则是人生不如意十之八九。生活中总有一些事不管我们如何努力，如何拼命，结果也无法如愿以偿。好在失之东隅，收之桑榆，只要我们真正努力过、付出过，命运一定会以另外的方式补偿我们。正如迟海所说，没有白吃的饭，没有白流的汗。

辛苦一阵子，不要辛苦一辈子

　　昨天去朋友开的火锅城吃饭，服务员小东不知道犯了什么错，正在被我这位朋友骂。小东今年还不到二十，是老板的亲外甥，按说算是皇亲国戚，应该有点特权。可是整个火锅城最苦最累的就是他，他这个舅舅活像跟他有仇似的，看不得他有一分钟的闲工夫。

　　我一边吃一边听，渐渐听出些眉目，骂这么久居然是因为小东上班迟到了半小时，耽误了跟着厨师去采购。小东一再解释："我妈瘫床上，不先把她照料好，我哪能抽得出身？"我那朋友瞪着眼睛："你别动不动拿你妈说事，知道你妈的事得先料理好，你怎么不早起来半个小时？"

　　听到这里，我体内的洪荒之力就控制不住了，瘫在床上的可是他亲姐姐啊！这种无良老板和黄世仁比起来，黄世仁都算有爱心的。外甥处境那么难，在他手下做事，他一点儿不肯额外照顾，这算哪门子舅舅？

小东被呵斥去做事以后，我招招手，这位朋友就坐了过来。"叫我做什么？免单没有可能。也别诱惑我夹两筷子再ＡＡ，我现在不饿。"他警惕地说。我说："不要你免单，也不ＡＡ，就是好奇问问：你和你姐姐是亲姐弟吗？"我不怀好意地问。朋友倒很坦荡："当然，我姐比我大十岁，小时候老背我来着。"

我凑到他脸上细看，他竟然没有脸红，可见脸皮之厚，于是忍不住讥讽："你姐偏瘫快一年了，你姐夫又是个不着调的，三天打鱼两天晒网。小东才多大个孩子啊，家里的担子都压在他身上，你这个当舅舅的就不该伸手帮一把吗？"

"那你觉得我应该怎么帮他呢？"朋友从善如流，虚心问我。我一时被他问住了，只顾着仗义执言，倒真没想那么多。"你可以给小东工资开高一点儿，上下班时间再灵活点，方便他照顾妈妈。或者，把你那个不上进的姐夫也弄过来干活，工资直接打你姐卡上……"我想了想，认真建议。

"小东工作时间要比别人短，待遇却要比别人高，他爸爸来了干不干活不要紧，但我要按月发他一份工资，你是这个意思吗？"朋友把我的话翻译成另一个版本，却让人无法反驳。我生气了，理直气壮地问："难道你不该照顾他一些吗？""小东自己能应付。"朋友不打算深谈，抽身欲走。

我冷笑，他回头看我一眼，问："你觉得小东既要上班又要照顾妈妈，爸爸又不争气，他活得很苦是不是？""这还需要质疑吗？但凡长俩眼睛的都能看见吧！"我没好气地说。朋友见我动了真气，只好再次坐下来，说："你既然这么富有同情心，那咱们先聊聊阿进吧，他可比小东惨多了。"

这个世界上有一种人，你说你感冒了他立刻反驳那算什么谁谁还得癌了呢！我个人非常鄙视这种比惨行为，但朋友说的一番话很快让我陷入了沉默，他说的阿进是赖东进。

赖东进是台湾人，姐弟一共12人，生活在一个没有任何经济保障的家庭。他的父亲双目失明，只能靠拉月琴乞讨为生，母亲和大弟重度智障，其他弟弟妹妹们也存在不同程度的精神异常或残疾，家里只有他和大姐是心智正常的孩子。赖东进从一出生就跟着父亲讨饭，四岁时已经懂得"孔融让梨"——把饭省给其他兄弟姐妹，因为他们什么都不懂饿了就大喊大闹（不给估计会挨揍）。

赖东进一家居无定所，他们没有竞争和捍卫生存条件的能力，就算是最破败的临时住所也会被别的流浪汉抢走。一家人经常睡在没有任何遮挡的户外，夏天蚊虫叮咬，冬天寒意侵骨，最怕的就是赶上下雨天。

赖东进很小就懂得一边乞讨，一边寻找可以容身的地方，以免下大雨时全家没地方躲。最后他找到了一个好地方——百姓公庙。百姓公庙是啥地方？就是咱们内地说的义庄，供放死人阴宅的地方。地方虽然不大吉利，还非常破败，可是赖东进一家人都很高兴，这已经足以遮风挡雨了，最重要的是没有人跟他们抢。赖东进就在这样的地方一住多年，睡觉时几乎就是和死人躺在一起的。

住，还不是最难熬的，食物不够才是永远的难题。有一次刮台风，年仅七岁的赖东进自己肚子饿得咕咕叫，只能忍着。妈妈和弟弟妹妹们却不管，哭着喊着要吃饭。此时外面狂风大作，到处是飞散的树枝瓦片，这样的天气双目失明的爸爸是无法出门的。赖东进只能自己冒着风雨出去讨饭，但是家家户户关门闭户，他只能一家挨着一家使劲敲门，希望能得到一点吃的带回去。

在这样难熬的情况下，赖东进到了上学的年龄。作为家里唯一正常健全的男丁，赖东进是整个家庭的希望。爸爸靠拉月琴积攒的微薄积蓄，直到九岁才终于把他送进了学校。上学的第一天，老师见他浑身污垢，先带他去洗了个澡。那是他人生第一次在浴室洗澡，真畅快真舒服啊！

赖东进入学校后看到别的孩子有爸爸妈妈照顾，有新衣服穿，还有零食吃，小小的他很是羡慕。别的孩子都知道他爸妈是乞丐，都不愿意和他玩，经常拿他取笑。赖东进并不明白这一切的根源所在，为什么别的爸爸妈妈是售货员是医生，而他的爸爸妈妈是乞丐，也不知道怎么改变这种状况，他还只是一个九岁大的孩子。

老师格外关注这个孩子，就问他："你也想过他们那样的生活吗？"赖东进用力点头，说："想！我想我的弟弟妹妹都有东西吃，都可以穿上新衣服，还想让我的爸爸妈妈也过那种不用讨饭的生活！""那你就要好好读书，只有读书，你才能有出息，长大后才不会乞讨，才能让一家人摆脱现在的生活。"老师的话给他指出了一条明路，赖东进激动憧憬，第一次知道可以依靠自己的力量得到想要的一切。

赖东进成了整个学校最勤奋的学生，他白天上课，晚上还要跟着父亲去拉胡琴乞讨，于是就在学校把所有的作业赶着写完，晚上出去时就带一本书，只要是有灯光的地方就拿出来看两眼。他经常一边看书，一边嘴里叫着叔叔阿姨，连台中火车站的管理人员都注意到了这个不一样的小乞丐。

上天是公平的，不会辜负任何人的努力，不管你是世家公子，还是潦倒乞丐。赖东进通过自己的努力，几乎每到一个年级都包揽了第一名，获得的奖状多得数都数不清。渐渐地，赖东进赢得了同学们的尊重，再也没有人当面叫他小乞丐了。

赖东进读完初中以后，考上了一所中专学校。在这里，他居然像别的同龄人一样，也收获了一份女同学的爱情。这让赖东进又惊又喜，第一次体会到人生的美好。然而，这份幸福很快就遭到了灭顶之灾。赖东进第一次跟着女同学去她家，女同学的妈妈一扁担就把他打了出来，并且把女儿锁在家里，不许他们再见面。

"天底下都找不到他们那样的一窝窝人，还想娶我女儿呢……"尽管赖东进从小就尝尽嘲讽白眼，这次还是被这样的话伤害到了。回家后，赖东进面对的又是嘈杂烦乱的一大家人。巨大的生活压力让赖东进无法喘息，他的努力他的鼓舞被一次又一次的挫败打压下去，这一次他真的累了。

赖东进买了农药，他想让全家人以另一种方式解脱，彻底结束这种疲惫不堪令人绝望的生活。

"你觉得这时候，赖东进的舅舅或者"舅舅"们应该怎么做？"这时朋友停下来，盯着我的眼睛问。我明白他的话外之音，赖东进的生活状况实在太特殊了，不得不承认："这么大的压力，这么沉重的负担，别人怎么帮都只是杯水车薪。他们一家人深深陷在拮据困苦的泥沼里，不能自救，仅靠别人的援手怎么可能挣扎得出来呢？"

"你说的对，我就是这个意思！"朋友点头，继续讲赖东进的故事。那天赖东进犹豫了很久，最终选择扔掉了农药，再一次开始为生活战斗。既然上天给他安排了这一切，那他就坦然接受，并用最大的努力去承担去面对。

赖东进毕业后开始工作，他不怕吃苦敢拼敢干的精神到哪儿都受欢迎，工作做得很是出色。有了收入，家里的状况得到了改善，情形也越来越稳定了。值得一提的是，那个爱慕他的女同学并没有在妈妈的干预下离开他，反而始终与他两心相印，不离不弃。

"我在上海听阿进演讲的时候，他已经是一家防火器材公司的厂长兼生产部门经理了。除了爸爸已经病逝，妈妈和弟弟妹妹们都在他的照顾下过着安稳的生活。他和那个女同学也结婚了，阿进用自己的努力彻底改变了自己的生活，"朋友颇有深意地说，"比起阿进，小东情形并不算特别糟糕是不是？"

我无法反驳。朋友叹息："我不是不肯帮小东，他妈妈是我亲姐姐，就算我把所有事情都揽过来也是应该的。可是，我能帮他多久呢？一年两年，还是十年二十年？如果有一天我老了，没有能力帮他了，而小东又习惯了'特权'，到时候他又该怎么办呢？"

"那你对他也太严厉了些……"我心有不甘地嘟囔，其实心里已经理解了他的做法。"小东现在是辛苦，我什么都让他干是为了缩短他的成长周期，就是为了以后他也能自己撑起一家店面，"朋友笃定地笑笑，安慰我说，"小东是好样的，以后会好起来的！"

朋友用心良苦，我很是意外感动，也不得不承认他是对的。每个人的生命当中都有一段坎坷泥泞要走，不管有无外援，起到决定作用的永远是我们自己。这个时候，我们只能咬着牙扛过去，才能等来后面的柳暗花明。

有些路，你现在不走，就会永远困顿在当下。

有些苦，你现在不吃，就得吃一辈子的苦。

突破自我，通常以自讨苦吃开始

《寻龙诀》一上映，我的朋友圈就被强势刷屏了。票房两个亿的时候打算去看，手里有点事没走开，几天后已经16个亿。这时候我发现可以省下电影票钱了，朋友们发出来的截图已经能串起整部电影，不仅有陈坤饰演的胡八一各种造型酷照，还有人提供恶补原著《鬼吹灯》的帖子，免费普及啥叫摸金符啥叫倒斗，这个粽子不是糯米粽子，鸡鸣不能开棺。

我继而发现一个更为诡异的现象，不管谁发一条有关《寻龙诀》的状态，大家都会立刻冲上去点赞。不知道你们的圈况如何，我圈里的朋友向来分为男女两大阵营，基本就是默认设置的互掐模式。

正常状态下，男方阵营要是发一条军事新闻啥的，女方阵营立刻讥笑他们卖白菜的命操着卖白粉的心；女方阵营如果晒一张"刚做的头发好丑，呜呜"的美照，男方阵营也会真诚地提醒她们"丑的关键在脸，真心和发型无关"。现在这些二货们居然摒弃成见，打成了一片，实在让我大跌眼镜。

我的男性朋友里不少都是原著死忠粉，女性朋友更是个个垂涎陈坤的美色，《寻龙诀》成功地把他们划拉到一个阵营里，倒也可以理解。在此对乌尔善导演为我圈和平做出的贡献，表示由衷的感谢。可是，为啥他们都那么喜欢陈坤呢？

"她们舔屏我能理解，你们标榜大爱陈坤到底几个意思？"我对男性朋友展开抽卷调查，我平时对影视圈关注不够，但凭直觉判断背后定有故事。几个朋友立刻批评我肤浅，原话是："女人看男人就知道看脸，拜托能不能看点别的？你以为坤哥只是帅而已吗？"我立刻就瞠目了，不是厂花吗？陈坤啥时候成他们坤哥了？于是虚心求教："不看脸，那看点啥呢？"

朋友孟君一向诲人不倦，首先发表观点："看男人当然看担当，细分起来又要看他在顺境和逆境时候的不同表现。如果你是一名演员，从籍籍无名一路摸爬滚打，终于拍了几部家喻户晓的电影电视剧，有了一定的知名度，你接下来会干什么？"我考虑了一下，回答："我会慎重挑选接下来要饰演的角色，继续塑造经典。"

"那你知道陈坤是怎么做的吗？"孟君意味深长地一问，"他这时候放弃了所有一号男主角的片约，主动去要求出演小配角。"我吃了一惊，孟君说当时的陈坤有《像雾像雨又像风》《金粉世家》《画皮》等作品，已经在影视圈奠定了坚实的地位，房子也买了一套又一套，乍一看人生似乎已经非常圆满。

"就是仔细看，这样的人生也是非常圆满的。"我插了一句嘴。

"你写文的时候不要过多发表个人观点，容易暴露智商。"孟君忧心忡忡地叮嘱我一句，继续说陈坤人生不圆满的那一部分。

陈坤的不安来自于对自身演技的质疑，这几部作品下来，他被人记住的依然是燕西少爷。尤其是《画皮》播出后，大家热衷讨论的是赵薇和周迅飚戏如何精彩，陈坤完全被无视，华丽丽滴打了一趟酱油。于是他决定不能再这么下去了，他要突破自我，从小角色重新开始。

据说姜文筹拍《让子弹飞》的时候，陈坤自己跑过去问："像我这样的偶像演员，你看演胡万行不行？"胡万是主角黄四郎手下的一名打手，姜文吓一跳："这么小的角色，你真愿意来吗？"陈坤真的去了，他在有限的戏份里必须充分利用每一句台词，每一个镜头。胡万的塑造是成功的，那种狡诈阴狠让人们看到了陈坤演技的另一面。

"除了这个，他还出演了《狄仁杰之神都龙王》。"孟君说。我仰天苦苦思索："神都龙王我看过，没发现里面有陈坤呀？"孟君好心提醒："就是那个疯癫神医，有印象吧？"我再次吃了一惊，那个疯癫神医的形象我一直记得，但居然没认出是陈坤，其演技飙升之快可想而知。

再然后，陈坤就迎来了人生的第二次辉煌，《龙门飞甲》横空出世了。陈坤一人分饰两角，一个是雌雄莫辨的西厂太监雨化田，另一个是招摇撞骗的书生风里刀。这种人格分裂式的演法，不成功肯定就要成仁的，陈坤以他的实力完美诠释了两个截然不同的角色。《龙门飞甲》火了，这次陈坤强悍霸屏，他有了一个新的封号"厂花"。

我依稀记得《龙门飞甲》放映后的盛况，不知道多少女性朋友被厂花的阴柔销魂俘虏，哭着喊着非他不嫁。然而"厂花"的封号，陈坤也是不满足的。从燕西少爷到"厂花"，他始终没有摆脱靠脸吃饭的标签，怎么才能发掘内心里那个不一样的自己，陈坤陷入了迷茫。

陈坤慎重思考之后，选择了另一种完全不同的生活方式。在那样备受瞩目的巅峰时刻，他在公众视线里消失了，而且长达两年之久。

陈坤组建了"行走的力量"公益团队，旨在"面对自己的内心"。在这个过程中，他不断推翻自己，自我修正、成长。他还出了一本书《突然就走到了西藏》，打进了畅销书榜前30。再次呈现在我们面前的陈坤，真的不同了，他从"厂花"变成了一个真男人。

《寻龙诀》播出以前，大家都不看好陈坤，因为灯丝们心目中的胡八一果敢、粗犷，在形象上就和陈坤相去甚远。《寻龙诀》播出以后，灯丝们高呼大爱陈坤，胡八一的形象亮瞎了他们的眼，连原著作者天下霸唱都称"我心中的胡八一就是陈坤的形象"。什么叫做明明可以靠脸吃饭，偏偏要靠实力？就是俊美如潘安，却选择粘上假胡子，以演技打动你的陈坤。

　　"一个人在逆境时努力并没有什么值得特别歌颂的，那是不得不为之，是没有选择余地时的本能反应。下面就是泥潭深渊，你不拼命挣扎出来，难道你敢松手吗？"孟君说，"可是在顺境就不同了，大多数人都会安于现状，守着已经取得的成就，开始享受人生。这也是很多人明明可以走得更远，最后却止步不前的原因。"

　　我频频点头，如果陈坤也像大部分人一样安于现状止步不前，那么现在依然是燕西少爷，是"厂花"。他能赢得广大男观众的认可，被视为可以引为兄弟的"坤哥"，寻求自我突破并身践力行是最关键的因素。

　　在现世安稳岁月静好的时候，为了更进一步"自讨苦吃"，以成全更好的自己，这才是难能可贵的品质。

不相信眼泪的，不止北上广

今年的春节，朋友圈被一顿特殊的年夜饭刷屏了。能在除夕之夜的芸芸盛宴中脱颖而出，倒不是说这顿饭多么匠心独具，凭借的完全是淳朴得近乎简陋的农家特色。照片上摆着六七个不锈钢盆子，是的，不是盘子。筷子颜色款式杂乱无章，共同的特色是全部黑黢黢的，桌面斑驳破旧，一看就是用了N年的。唯有食物是丰盛的，有鸡有鱼——这是农村年夜饭的标配，遗憾的是卖相不佳，激不起人的任何食欲。

这顿饭能在网上引起广泛关注、继而引发热烈讨论，源于背后有一个我们猜中了开头却没猜中结局的爱情故事。这个故事的前半段充满了琼瑶式的浪漫，一个上海女孩儿爱上了来自江西农村的男孩儿，男孩儿长得帅，工作能力又很强，一下就赢得了女孩儿的芳心。

女孩儿家人自然是不答应的，以过来人的眼光透过现象看本质，该男孩儿除了长得还可以，将来可能有点前途，别的实在乏善可陈。其他的不说，凭他的经济条件猴年马月能在寸土寸金的上海买套房子？但是爱情的力量是伟大的，女孩儿不顾父母的阻挠坚持和男孩儿在一起，处了一年后，在这个阖家团圆的节日里跟着男孩儿回家过年了。

据女孩儿后来自己发帖说明，他们回去的路颇为周折。到了火车站后，先转了一趟车，又搭乘了一辆类似拖拉机的车才颠簸着到家，迎接她的除了热情的家人，还有后来引起广泛关注的那顿年夜饭。女孩儿是土生土长的上海人，在她的印象中这样的环境和饭菜大约只在冯小刚的《1942》中见过，当场就被惊呆了。

接下来这段伟大的爱情故事就开始逆转了，女孩儿动摇了，当夜就决定要回上海。男孩儿沉默很久，艰难地说："如果你硬要走，我也不拦你，但如果你现在走了，我们就等于分手了。"女孩儿权衡思考后，默认了分手，男孩儿再没有说一句话，转身就出去了。

"比我想象的要差一百倍，我接受不了……我好像一下清醒了，为了避免N年后我后悔了一把鼻涕一把泪来发帖，我决定分手了……"这些是女孩儿在帖子里的原话。最后是女孩儿打电话回上海家里，堂哥连夜开车来接她，男孩儿找了村里一户人家的车，将她送到市区，交给前来接她的亲人。一段美好浪漫的爱情在遭遇现实后，就这样仓促狼狈地收场了。

这本来是非常个人的事，但女孩儿通过发帖将整个过程直播了出来，呈现在七亿网友面前。城市农村的差异和凤凰男的择偶问题，一直都是备受关注的热门话题，这件事立刻引起了广大网友的热烈讨论。

有人为女孩儿点赞，支持她认清现实及时回头，更多的人骂她嫌贫爱富。知名媒体人王志安说："这女孩儿集中了嫌贫爱富，自我，任性，耍性子等一系列作女的优秀品德。这男孩儿好幸运，一顿饭就清除了一颗未来生活中的定时炸弹。"

平心而论，王志安评论中的"嫌贫爱富"有失偏颇，女孩儿一开始就知道男孩是农村的，但还是毅然和他在一起，她只是无法面对远远超出她预期的贫穷和艰苦。我们并不能指责女孩儿的选择，毕竟将来的各种压力是要她自己实实在在来扛的，谁都没有权利要求她为了爱情就玩命吃苦。

但我赞同王志安后面的评价，这也是大部分网友的观点，女孩儿的确是过于任性了。连上海网友都表示无法护短，一致认为就算分手，她也该给男孩儿留点面子：你忍耐一下，两人过完春节回上海后再提分手会死吗？

在大部分网友围攻女孩儿的时候，还有一小撮人声讨男孩："呵，'现在走等于分手'，还敢威胁人，你蛮拽的嘛！"如果有人不明白男孩儿为什么这么说，那我以同样出生在农村的身份和生活经验跟大家普及一下。

在农村，男孩儿带女友回家过年是非常隆重而正式的行为，是家里的一件大事。这种情况，通常村里乡亲邻居、亲戚朋友都会知道，而且会来"围观"祝贺。女孩儿一顿饭没吃完就连夜离开，等于狠狠抽了男孩儿及男孩儿家人一个响亮的大耳光。农村人看问题直接而精准，断定像这种情况女孩儿以后肯定是不会再来了，这事已经板上钉钉地黄了。而男孩儿此时内心估计也是万念俱灰，从女孩儿的态度看出两人已然缘尽于此，才说出这样的话。

当时我看完这则新闻，第一时间给卢明打了电话，他今年也带着广州土著女友回老家了。卢明和上文中的江西男孩儿一样，优秀，独立，美中不足的是出身寒微。他大学刚毕业的时候，钱夹里的身份证总是背面朝上放着，因为怕别人无意中看到他的出生地，那是一个连名字都充满乡土气息的地方——靠山屯。

三年前，卢明曾带女朋友回过家。那女孩儿叫安琪，是北京本地人，父母从事科研工作，家里有两套房子。岳父岳母都是期盼找到乘龙快婿的，没几个能相中凤凰男，尤其是安琪这样优越的条件。安琪的父母对卢明并不是很满意，但在安琪的坚持下，也勉强接受了他。

卢明诚惶诚恐，对他们恭恭敬敬，感恩戴德，他觉得自己是幸运的。在和安琪感情最炽烈的时候，卢明甚至憧憬过住在岳父另一套房子里的幸福生活。在那年的春节前夕，得到未来岳父母的同意后，意气风发的卢明带着安琪回靠山屯过年了。

安琪一进屯子就遭到伏击，被几只大鹅追着跑了好远。成年大鹅的攻击力是很强的，在农村有镇宅看家的作用。其中一只雄鹅尤其彪悍，隔着裤子都把安琪的大腿叼青一大块。安琪吓得放声大哭，卢明慌忙赶走了大鹅，寸步不离地护着她。这一幕被人瞧见了，"卢明媳妇儿怕大鹅"的笑话立刻传遍了整个屯子。

到了卢明家里后，环境待遇基本和上海女孩儿到江西男友家里的情况差不多，好在卢明妈是个干净爽利的女人，桌椅都是擦了又擦，碗筷都是开水烫过消过毒的。不过他家是旱厕，安琪上厕所时恶心得干呕，闹得卢明妈还以为她怀孕了，饭后使劲给她削苹果，剥桔子。

"在我们那里，水果是看望病人才舍得买的。我妈自己一口都不舍得尝，使劲让安琪吃，安琪吃一口就放下了。我妈哪里知道，在靠山屯矜贵无比的苹果，到北京连正规超市都进不了，安琪一向只吃进口水果。"卢明后来跟我聊起这件事，无比心酸地说。

整个过程虽然状况百出，但安琪始终忍耐着，公允地讲已经算是很懂事了。局面逆转发生在晚饭后聊天的时候，卢明的舅舅知道他带媳妇回来了，特意过来说话。"你爸死的时候，你才两岁，给你爸守灵都不知道哭，还拿供桌上的果子吃。"舅舅老生常谈，每次教育他都以此开头，卢明只能老实听着。

"当时多少人让你妈改嫁，你妈怕你受委屈都没同意。她一辈子好强，一个女人家拉扯孩子多难？可你吃的穿的哪样比别人差？你八岁时候得了肺炎高烧不退，你妈守着你三天三夜都没合眼。靠山屯有多的孩子都没读上大学，你读了，可你知道你的学费咋来的？那是你妈在矿上背石头背出来的！你现在出息了，可不能忘了你妈。"舅舅铺垫做足了，话题一转，"你以后要是留在北京了，你妈咋办呢？"

卢明不假思索地回答："我妈当然跟我去北京住。"这话一出口，安琪脸色当场就变了，后来的聊天过程再没有说过一句话。舅舅得到卢明的答复，满意地走了，卢明妈去送他的时候，家里就剩了卢明和安琪两个人。

安琪立刻问："你要带你妈去北京住，怎么不提前和我商量？"卢明理所当然地说："这还用商量吗？我妈养大我不容易，我当然得照顾她孝顺她。"安琪气极反笑，尖刻地说："你照顾她孝顺她当然应该，可你现在是要带她住进我的房子里！就是住酒店也得登记一下吧，你和我商量不应该吗？"

一男一女交往，我们称为谈恋爱，可见两人的感情要说很多话才能建立稳固。但要破坏一份感情，通常一句话的威力就足够了。安琪的话深深刺伤了卢明，也让他清楚地意识到自己的力不从心和尴尬，但他坚持己见，称接受他就必须接受他妈。

安琪也毫不退让，婆媳关系自古都是一团乱麻，她对出演现实版《双面胶》一点儿兴趣也没有。两人情绪越来越激动，最后安琪和那个上海女孩儿一样，连夜就拖着行李走了。卢明和安琪就这样分手了，不同的是没有人指责安琪，所有认识他们的朋友都说是卢明得寸进尺。

"就是安琪那闺女不和你分手，我也不会去北京。不是你自己挣下的家业，你自己住着都不硬气，哪有能力照顾妈？"卢明妈一针见血地说，"你爸走得早，我带大你是没少吃苦，屯子里的人，包括你舅都说我好强。我要是不强不硬气，天天哭天天抹泪有啥用？还不如挣一块是一块呢！是，是有不少人让我带着你改嫁，可是隔锅的饭不好吃，人家娶媳妇要的是你妈，谁能心甘情愿供你上学呢？你真想孝顺我，就去好好工作，吃点苦不怕的，到时候自己买套房子，妈堂堂正正住进去。"

卢明很少听到妈妈"诉苦",更少听到她的"要求"。他明白妈妈的用意,也清楚地知道唯有此路可走,别无选择。卢明回到北京后拼了命地工作,因为表现出众获得升职加薪,后来被广州一家同行业的公司重金挖走,年薪翻了两番。去年他用自己的积蓄按揭买了一套房子,终于在花海一样美丽的广州安了家。今年春节,他带着认识半年的女朋友又回靠山屯了。

我打通电话后,问他情况怎么样。卢明说来之前就和女朋友说了接妈妈去广州,她也同意了,反倒是妈妈不愿意去了。卢明妈说在农村待惯了,将来他们有了孩子,需要她帮着带孙子时再去住一段。卢明劝不动她,只好给她修整了房屋,添置了空调、热水器等电器。

"你看到上海女孩儿到江西男友家里过年,一顿年夜饭就导致分手的新闻了吗?"我很想听听"过来人"的看法,这件事没有人比卢明更有发言权了。卢明在电话那头沉默了一会儿,说:"这个上海女孩儿没有错,安琪当初也没有错。任何一个城里的女孩子决定和农村男孩儿在一起,都是已经做出了牺牲的。"

卢明万水千山走过,再回首已然豁达坦然。他说上海女孩儿和安琪们为了自己的选择,要和父母对抗甚至决裂,要对闺蜜同学一遍遍解释自己什么都不图,就为了真爱,还要接受跟身边同龄的女孩儿相比,一结婚就在生活质量上拉开差距的现实。在这样的情况下,男孩儿不是应该奋发图强,迎头赶上吗?如果自己不够努力,还要求恋人吃苦,付出,牺牲,除非你找的是圣人,是个女人都会跑的。

　　我听完非常震撼，在网上一片声讨上海女孩儿的时候，曾经深受其害的卢明反而是最理智、能给出客观评价的一个。卢明不抱怨，不吐槽，勇于从自身找问题，这是我目前看到的针对这件事最为正能量的评价。

　　"每个人活着都不容易，想要就得去挣，在大城市打拼是这样，我妈一辈子在靠山屯也是这样。不坚强，还有别的选择吗？我妈说得对，哭天抹泪有啥用？还不如挣一块是一块呢！"电话里隐约传来卢明妈和女朋友的声音，已经摆好了碗筷叫他过去吃饭。我忙和他道了"再见"，卢明匆匆收线，过去吃饭了。

　　我真心为卢明感到高兴和骄傲，他用自己的努力赢得了想要的生活。套一句流行句式：世界那么乱，软弱给谁看？莫斯科和北上广不相信眼泪，靠山屯也不相信。

一切没有经济保障的归隐都是不负责任

　　周末一个朋友来看我，一坐下就开启吐槽模式大倒苦水，将从小没妈的苦到长姐如母的累，声泪俱下地又从头讲了一遍。包容是最大的美德，倾听是最好的安慰，我能做的就是全程斟茶倒水递纸巾。她情绪稍稍平复之后，问我："小路在终南山不肯回来，你说归隐这阵风打哪儿刮起来的？到底什么时候能过去？"

　　"大约从姜太公渭水垂钓开始刮起来的，已经几千年了，什么时候能过去还真不好说。"我老老实实回答。朋友一听，再次哭了起来，我只好继续递纸巾。要说我这朋友也真不容易，小路是她弟弟，父母去世时才十岁，基本是她一手带大的。一个年轻女孩儿独自抚养幼弟，其中艰辛一言难尽，真是不足为外人道也。

好在我这朋友争气，咬着牙打拼多年，到现在已经挣下了两家以上连锁餐饮的家业。虽然没有大富大贵，但她是个知足的人，加上去年已经结了婚，人生也已然圆满了。可是每一个弟弟都是你上辈子亏欠的初恋，小路在姐姐的妥当照顾下好吃好喝长到二十二岁，去年总算大学毕业了，却忽然闹着要去归隐。

一开始我朋友没当回事，现在不是流行田园风嘛，大都市里的人一到周末假期就开车往农村跑，她还考虑过是否开一家农家乐。小路这个年龄的男孩子，基本上是没有Wi-Fi会死星人，估计到乡下待不了几天就得跑回来。然而她低估了弟弟，小路一跑就跑到了终南山，那里可是古今有名的归隐胜地。这一住大半年就过去了，我朋友去了好几趟，他好说歹说就是不回来。

"我就这么一个弟弟，吃苦受累带大了，也不指望他怎么报答我。可是他起码得找个工作成个家吧？现在五迷三道，把自己整得跟个道士似的，我活着还有什么劲……"朋友数度哽咽，我一听这都开始怀疑人生了，不能再坐视不理。

我详细问了小路的情况，让她授权我全权处理这件事。朋友虽然怀疑我的方案可行性，但她此时已经技穷，只好交给我死马当作活马医。在一个微雨纷飞的下午，我和朋友开车来到了传说中的终南山，全程无障碍地开到了小路栖居的住所外200米。

"山色空蒙雨亦奇，令人见之忘俗，真是好地方！"我环顾黛色如洗的山峦，由衷称赞。小路本来以为我是来当说客的，心里还有点抵触，一听我这么说神色放松了许多。"我也这样认为，住在这里可以洗涤心尘。"一身白绸的他负手而立，背后是水墨卷轴般的山水，颇有些超尘脱俗的意味。

朋友对我挤眉弄眼，意思在说："别忘了你是干吗来了。"

我假装没看到，目光停留在远远近近错落有致的隐居客栈上，关心地问："听说终南山现在隐居人数已经高达5000人了，你们不觉得挤吗？平时会不会串门？开不开爬梯？"小路一怔，脸色难看起来，半天才说："我们一般互不打扰，偶尔会有交集。"我频频点头，跟在他身后进屋参观。

屋里干净舒适，空调、水管、抽水马桶一应俱全。靠窗的位置摆着一张书桌，书桌上是我朋友之前给他买的苹果笔记本，页面显示他的博客正在编辑状态。我凑过去一看，原来在分享隐居日常，这里果然有Wi-Fi。

"这样的客栈不便宜吧？"我直言不讳地问。小路的脸一下红了，底气不足地说："也不贵，包水电，一个月还不到一千块钱。"我心里暗暗骂一声熊孩子，继续和他聊："那就是伙食自理了，蔬果鱼肉走地鸡，再加上点薯片可乐零食啥的，一个月怎么也得两千吧？哎，小路你身上这套绸衫不错，是专门订制的吗？"

"这已经是很低的标准了，我也是为了减低开销才住在这边，你们见过住在路边隐居的人吗？再往山里走，那住的才贵呢！"小路自尊心受了伤害。我急忙解释："姐不是这个意思，能住在这儿，花多少钱都值得。现在最值得投资的是什么？就是人脉啊！"小路听了有点发蒙，隐居的本质就是避世，怎么还和人脉扯上关系了？

"终南山自古就是好地方，名气大了去了。秦末的商山四皓，汉朝开国元勋张良，还有全真教的创始人王重阳，都在这里隐居过，"我引经据典，滔滔不绝，"唐朝有个叫卢藏用的书生，十年寒窗点灯熬油的，好不容易考中了进士，却迟迟得不到朝廷重用。他一想，看来得进终南山镀镀金呀，于是就'归隐'了。果然没过多久，武则天就提拔他当了贴身秘书，时人称他'随驾隐士'。现在人才选拔是不走这个路线了，不过来这里隐居的都是非富即贵，你这段时间结交了不少朋友吧？"

小路见我把他划拉到终南捷径那一拨里，顿时勃然大怒："什么非富即贵，我才看不上眼！我就是讨厌职场的人事倾轧，讨厌那种累赘俗厌的生活才到这儿来的，难道你以为我在惺惺作态沽名钓誉吗？""这么说，你选择归隐真的是为了回归自然、追求本我？"我问。得到他气呼呼的"那当然"以后，我惊讶地说："那真是难能可贵，不过你不该选择在这儿隐居啊！"

那天我和小路推心置腹谈了长达两个小时，从终南山已经被隐士风玷污到物质影响自我修行，再从自给自足的模式谈到无欲无求的精神境界，凭着技压张仪的辩才终于让小路心服口服。为了寻找一个适合真正隐居的地方，我带着小路来到一个远房亲戚家里。

那是一个已经被进城务工人员丢弃的村落，除了几户老人，大部分的房子都关门闭户，大白天也不见一个人影。一条质朴的黄土路通往村外，成片的田地荒芜着。我大手一挥："看见了吧？租金便宜得很，豆子啊，菊花啊，喜欢种啥就种啥，随你高兴。到时候再添置一把锄头，你就能体验什么叫'晨兴理荒秽，带月荷锄归'了。"小路非常激动，当即就决定留下来。

在接下来的一段时间，小路不但开了菜地，还种了半亩玉米，半亩红薯，并且买了一批鸡苗。"'阡陌交通，鸡犬相闻'，现在才是我真正想要的生活。"小路非常满足。我朋友看着他打算扎根到底的架势，忧心忡忡地问我："这样真的能行吗？"我笃定回答："放心，只要你别心软悄悄给他钱，就等着瞧好吧！"

根据我们约定的启动资金，我原本断定小路撑不到玉米和红薯成熟就得断炊，结果他熬不住没网的日子，拿出仅有的生活费装了宽带，胜利就这么提前到来了。储备的米面吃完后，小路就顿顿煮青菜，等那群尚未成年的童子鸡也宰了后，生活终于彻底陷入弹尽粮绝的境地。

小路饿得撑不住了，就去村头留守大娘家里找吃的。大娘热情地招待了他几天，最后小路自己有点过意不去，主动提出帮她干点活。没想到大娘还蛮有文化，一边让他刨菜地，一边鼓励他："人穷有啥哩？真龙还有困浅滩的时候，人家韩信当大官以前，不也是天天到河边吃一个大娘的饭吗？"

　　小路当即泪流满面，上完这堂"漂母饭信"的人生课，就穿着黢黑破旧的白绸衫回家了。我朋友一见心疼得了不得，立刻给他放水洗澡，准备干净衣服，最后做了一大桌好吃的。小路眼眶红了，说："姐，以前是我太不懂事了。我放着好好的日子不过，老想着避世隐居，现在才知道你养大我有多不容易。"

　　据我朋友后来说，她第一次见弟弟那么懂事，当场就泪崩了。最后姐弟俩互诉心声，抱头痛哭，上演了一出感人的亲情戏码。我以为事情就这样圆满解决了，不料前两天我那个朋友又惊慌失措地跑来了，说小路又去我亲戚住的那个村子了，这次还带着几位终南山的隐友。

　　我让她先不要急，果然，小路回来后兴高采烈的，原来他从隐居热潮中看到了商机。"很多人都向往田园生活，但真能放下一切去做的不多，我打算承包一些土地和闲置房屋，定个合理的价钱，让有隐居想法的人都能来体验一把。"小路说他今天就是带几个隐友去实地考察了，大家都很满意。对于小路的变化，我和他姐真是老怀宽慰啊！

　　归隐是中国传统文化的基因，面对生活的压力，"采菊东篱下，悠然见南山"成了安置我们本心的寄托。然而，且不论隐居是否就能解决一切问题，不管是经济成本，还是机会成本，归隐本身就不是大部分人能负担的。隐居山水，孩子上学谁来接送？避居村野，老人病了是不是还要送回城里设备齐全的医院？

　　在繁忙疲累的现实之下，抽身事外避世隐居需要极其坚实的物质基础做保障。这也是很多业界精英努力多年后，才选择悠然生活的原因。倘若你也向往寄情山水的生活，就要先抗住现在。

没有经济实力作保障，还哭着喊着不顾一切去隐居，那么就是一种不负责任的行为。

CHAPTER 5
当你渐渐遗失梦想的时候

你所说的养家糊口，

并不是对梦想始乱终弃的理由。

失去梦想的人，世界向他关闭了所有门窗

我有几个十几年交情的朋友，丁雯是其中之一，感情已经深厚到向我"托孤"的程度。丁雯出国那两年，她唯一的弟弟丁哲就交给我代为管教。期间这位颜值爆表智商不足的小鲜肉状况百出，大到职业选择情感困惑，小到感冒头痛吃烧烤腹胀不消化，真是让我操碎了心。在无数个月黑风高的夜晚，我都有杀了他一了百了的冲动。

所以丁雯一回国，我就赶紧完"弟"归赵，终于能潜心闭关创作了。大约一个月之后，丁雯忽然打来电话，我接通之前已经做好打算：这货要是再把丁哲交给我，我就和她断绝关系，老死不相往来。

没想到电话一通，我还没来得及"喂"一声，那边就传来丁雯悲痛欲绝的哭声。我赶紧问"怎么了怎么了"，丁雯哽咽难言："丁哲出车祸了，眼睛瞎了……"

我脑袋顿时嗡的一声，自家孩子平时再顽劣不堪，出了事也还是心疼的。问了医院地址，我连夜赶了过去，丁雯正在病房门口等我。透过门上的玻璃窗口，我看到丁哲正裹着医院特有的带着消毒水味道的白色棉被，面对墙角不声不响。没有一夜白头，但他的头发凌乱不堪、油腻污秽，那个天底下最爱干净最自恋的可爱丁哲已经不见了。

丁雯说丁哲是和朋友出去玩时出的事，对方酒驾，全责。丁哲身上没有很严重的外伤，但头部遭到撞击，导致视力暂时性失明，可能要过一段时间才能逐渐恢复过来。"过一段时间，是多久？"我问。丁雯嘴唇哆嗦，一开口眼圈就红了："医生说可能是一两个月，也可能是一两年，或者更久。"

我听了心下戚然，难怪丁哲接受不了这个现实，他最喜欢的就是画漫画，一直希望当一名宫崎骏那样的漫画家，没有眼睛怎么成？

丁雯说她试过和丁哲交流，安慰他，鼓励他，承诺就算眼睛一辈子治不好也没关系，她会养他，但所有的努力都以失败告终，丁哲把自己完全封闭了起来。都说眼睛是心灵的窗户，在失去光明的同时，他和这个世界交流的门窗也被关闭了。"这事不能急，欲速则不达。"我沉下心思索片刻，和丁雯耳语几句，她信任地点点头。

当天，我并没有尝试和丁哲交流，任由他一个人面墙独坐。我一边吃水果，一边和丁雯聊些家长里短。护士是个小美女，见我们这么没心没肺，很为丁哲不值。等我和丁雯聊到衣服包包的时候，她再也忍不住了："病人都这样了，你们还在聊这些没要紧的闲话，你们不觉得自己过分吗？"

"眼睛暂时看不见而已，身体又没毛病，不是什么大事吧？"我轻描淡写地说，"就算永远看不见，我们也得继续过自己的生活，难道一辈子陪他发呆傻坐？"

我看见丁哲的背影骤然一震，似乎承受不住这句话的决绝与残酷。

小护士生气了："那至少可以请个心理医生吧，他需要专业的心理救助！""精神病才看心理医生呢！"我学着丁哲平时说这句话的语气回答，果然成功把小护士气走了。

丁哲对心理医生有偏见，绝对不会同意去做咨询的，我只好找做心理医生的闺蜜取经。闺蜜说丁哲的表现是遭受重大打击后的正常反应，自我封闭是第一阶段，第二阶段会逃避现实，表现为性格和情绪出现反常，这时就需要强制干预以过渡到第三阶段——接受现实。

"第二阶段的干预至关重要，这直接影响第三阶段的成果。一个人遭遇重大挫折后，是主动接受现实，走出困境继续乐观前行，还是被动接受从此一蹶不振，关键就在于如何干预。"闺蜜慎重叮嘱，忽然问："他的梦想是什么？"

我震惊了：这句话已经成为跨行业解决各种问题的万能灵药了吗？"他一直想做一名像宫崎骏那样的漫画家。"我回答。闺蜜同情地拍拍我的肩膀："干预难度还是比较大的，加油吧，少年！"

正如闺蜜的判断，丁哲出院后进入第二阶段：他慢慢接受"暂时看不见"的现实，虽然暴躁易怒，但已经能小范围活动活动了。我和丁雯正式启动干预计划，丁雯听我的连续三天"忘记"给他买香烟，丁哲终于熬不住烟瘾下楼了。

丁哲摸索着到小区门口的小超市买香烟，看超市的阿姨在我们的安排下少找了他50块钱，丁雯"知情"后抱怨很久，丁哲一直没有出声，看得出很受打击。虽然人为设置这个障碍有点欺负残疾人的嫌疑，可是现实中比这更不厚道的事都会发生。为了长远计划，这也是不得已的办法。

丁雯抱怨完，轮到我闪亮登场了。我又吐槽了超市阿姨一番，才提出"刚好有时间，要不要去盲文培训班看看，学学怎么认钱"的建议。如果没有前面的铺垫，丁哲一听这话就会像受伤的刺猬一样浑身竖刺，有了被"骗"的经历就不同了。丁哲没有明确反对，我就当他默许了，当天顺利带他到盲文班报了名。

我们能做的外力干预只能到此为止，剩下的是他自己内心的转变。学盲文并不重要，重要的是这个盲文班是个极具特色的实实在在的集体，能为丁哲封闭的生活打开一条通道。这里大部分学员和丁哲一样，都是因为各种意外导致视力受损，只有少数是先天性失明的。在这里，每个人都无需掩饰自己的缺憾，要做的就是努力学习弥补的方法。

　　上了半个月课以后，丁哲的态度有了明显的转变，有次说起班里的一个女生想当服装设计师，每天下课后还要去上另一节课。我"吃惊"地问："看不见还能当服装设计师？盲人学学推拿调音师更实际吧，有设计学院愿意录取她吗？"

　　"最讨厌你们这种乱给别人贴标签的人了，法律规定了盲人只能从事这两个行业？"丁哲鄙视地说，"怪不得董丽娜会站出来振臂一呼！"我立刻检讨，然后问："董丽娜是你们班的同学吗？"这一次，我被丁哲加倍鄙视了。

　　丁哲说董丽娜是一位热爱播音的盲人女孩儿，她原本是一名出色的推拿技师。像其他的盲童一样，她很小的时候就被灌输要好好学推拿，以后才能养活自己的观念。可是工作后，董丽娜非常不满足这种一成不变没有任何希冀的生活。

　　有一次得知有个盲人播音培训项目，董丽娜为了追求"另一种不同的生活"报了名，没想到一下就爱上了播音。为了完成播音主持培训，董丽娜从大连辞职，只身来到了北京。

　　要成为一名出色的播音员，普通话是必须达标的。董丽娜是一个出生在农村家庭的孩子，能享受的资源非常有限，她把60篇必考的打成盲文反复练习，最终以97.8分的成绩考取了普通话一级甲等证书。

　　命运总是格外垂青努力的人，那年的"夏青杯"全国朗诵大赛，董丽娜取得了第二名的好成绩，并得到评委们的一致肯定，联名推荐为她取得了中国传媒大学播音主持专业的资格。董丽娜惊喜不已，这个消息为她封闭单一的世界打开了一条新的道路。

董丽娜格外珍惜这次机会，由于就读的是成人教育学院，她必须首先通过北京市高教自考的固定科目。董丽娜按照北京市自考办的要求，在指定网站报名，参加将于4月份举行的高教自考播音与主持专业的考试，就在这个环节，董丽娜被拒绝了，原因是没有视障学生参加的先例。

董丽娜多方奔走，不断给相关部门打电话、留言、写信，得到的回复都是没有先例，建议她报考别的专业。董丽娜这下怒了，为什么视障人士不能做播音员？难道视障人士就注定只能从事推拿调音，不能追求自己想要的生活吗？这时有朋友帮她在广州取得了考试资格，董丽娜却拒绝了，理由是她有朋友关系可以去广州考试，那么没有这种关系的盲人呢？

"这的确不公平，然后呢？"我问。"董丽娜在公益律师的帮助下，将投诉信递交到北京市教委，要求解除盲人不得参加自学考试的禁令。"丁哲钦佩地说，"董丽娜的行为得到社会各界的广泛关注和支持，最后她不但为自己赢得了参加自学考试的机会，也捍卫了所有视障人士接受高等教育的权利。所以，现在盲人可以选择任何自己喜欢的专业！"

"她真是个勇敢的女孩子，不但自己执着于梦想，还从'小我'上升到'大我'，心里想的是整个视障群体。"我由衷赞叹，接下来却语气一转，"不过，播音到底也是和视力关系不大的职业，董丽娜全力以赴可以圆梦，如果是别的专业可能就难说了……"丁哲听了果然不服气："你好歹也是写字的人，海伦·凯勒总知道吧？"

"这个当然了，海伦·凯勒是美国著名作家，眼睛看不见，却写出大量优秀的文艺作品，《假如给我三天光明》畅销全世界啊！"我回答，然后别有用心地说，"不过也是文字啊，现在盲文那么完善普及，盲人用盲文写作和正常人写作根本没有区别。"

"那你知道叶夫根·巴夫恰尔吗？"丁哲问，我配合地短暂沉默，他果然兴奋地介绍起这位出生于斯洛文尼亚的盲人摄影师。叶夫根·巴夫恰尔小时候是个顽皮的熊孩子，十一岁那年左眼被树枝戳伤，失去了光明。祸不单行，几个月后他在玩耍时被二战时期掩埋的地雷炸伤，右眼受到很大的创伤，经过长达两年的治疗后，右眼也失去了光明。

和董丽娜们从小被培养成推拿技师一样，长大后的叶夫根·巴夫恰尔被培养成了一个电话接线员。从小就顽皮活跃的他当然不会满足于这种生活，失明前看到的那些色彩斑斓的光影一直在他心里，时刻不曾褪色。叶夫根·巴夫恰尔内心萌生了做摄影师的想法，尽管家人朋友都一直支持他自学，但要做摄影师实在有些异想天开了。

叶夫根·巴夫恰尔没有理会这些质疑，他在自己选择的道路上艰难前行。市面上并没有专门针对盲人使用的拍照设备，叶夫根·巴夫恰尔就在摄影时反复尝试，摸索出一套独特的方法。拍照时除了专业上的技巧，他还请小孩子描述出要拍摄的场景，因为孩子的眼睛能看到和成年人不同的世界，然后利用相机的自动对焦功能拍照。

上天不会辜负任何一个努力的人，叶夫根·巴夫恰尔凭借自己的努力，最终成为了欧洲知名的艺术摄影家，他的作品被结集出版并在全世界广泛展览。"不但摄影行业，美国还有盲人利用纹理漆创作油画的先例。正常人能做的职业，盲人都可以做！"丁哲笃定地总结。

我试探着问："这么说，你也可以继续画漫画了？""我是暂时性视力障碍，不是盲人。"丁哲有点不悦地更正，但随即就抛开这点不悦，兴奋地表示盲文班的老师已经帮他订制了类似纹理漆的画笔，这样在这段看不见的时间里，他就可以继续画画，不用担心手生了。

"其实，我现在觉得看不看得见不是最重要的，最重要的是心里是否有梦想。董丽娜、叶夫根·巴夫恰尔，还有用纹理漆作画的盲人画家，他们看不见，不是一样活得很成功很美好？"丁哲说话时，丁雯正在为我们切水果，听到弟弟这么说当场就流下了泪水。

我也为丁哲的转变由衷感到高兴，不管将来他的眼睛何时康复，能否康复，梦想都已经为他照亮了前行的道路。正如丁哲所说，看不看得见不是最重要的，最重要的是心里是否有梦想。

失去光明，尽管生活漆黑封闭，但梦想始终为他保留了一扇和外界连接的门窗。而失去梦想的人，世界则会向他关闭所有的门窗。

做人如果没有梦想，跟咸鱼有什么区别

　　弟弟大学毕业后，接连换了几份工作都不满意，最后索性过起了大隐隐于QQ的宅男生活。他最高纪录连续一个星期不洗澡、不换衣服，仅靠泡面维持生存。我实在看不下去，开始频繁请他出去吃饭，出门你好歹得捯饬一下吧？

　　这招一开始还挺奏效，几次过后他就懒得去了："姐，别费事了，家里有吃的凑合凑合算了。"从原始社会开始，食物就是人类进步的原始动力，连吃的劲头都没有，足以说明内心的消极与颓废。看着弟弟眼神黯淡、总也打不起精神的样子，我忽然想起十多年前的孟川。

　　孟川是我的大学同学，身材颀长，五官中眼睛最好看，总是神采

奕奕的样子。毕业后大家各奔东西，一晃几年过去，该成家的成家，该立业的立业，各自的状况都算稳定下来。这时有人开始张罗起同学聚会，我在聚会上又见到了孟川，第一眼差点认不出他。孟川发福了，肚子明显鼓出来一块，脸都成了圆的，眼睛里的神采也不见了。

孟川一边吃饭，一边漫不经心地说他大学专业就是父亲给选的，毕业后按部就班进了早就安排好的单位。妻子也是父亲老部下的女儿，前年结的婚，生了个女儿两岁了。"你后来去了船长峰吗？"我突兀地问。美国的船长峰是全世界攀岩爱好者心目中的圣地，当时户外运动风靡全球，孟川很是着迷了一阵子，曾野心勃勃地说他一定要征服船长峰。

孟川被我问得一愣，这时旁边一位男同学接过话茬："什么船长峰，我那时候还想退学当第二个比尔·盖茨呢！"大家哄的一声笑了，七嘴八舌地讨论起自己当初的梦想，不时发出哄堂笑声。我心里非常难过，曾经神采飞扬的孟川，曾经神采飞扬的我们，就这样泯于芸芸众生了吗？

再次得到孟川的消息是2001年，那一年周星驰的《少林足球》风靡全国，人们见面聊天讨论的全是这部电影。有一次我去菜市场，连卖菜的阿姨都问："小姑娘，看了《少林足球》没有？哎呀，老好看了！"我只能老老实实回答没有，当时我刚换了工作，为了离文字更近一步，我辞掉了原本待遇优越的工作，去了一家名不见经传的小杂志社。

小杂志社人少活多，有天中午我正在紧张工作，忽然接到孟川的电话。"我现在就是一条咸鱼，对吗？"孟川张口就问，他鼻音很重，似乎哭过了。我顿时紧张起来："你怎么了？你现在在哪里？""我没事。"孟川说他在电影院，刚刚看完《少林足球》，最后他似乎下了很大决心说，"我还是想去船长峰，好在一切都还来得及！"

孟川挂了电话以后，我想我必须得看看这部电影了。我挤出时间，终于坐进了电影院，影片中的阿星身怀绝技却潦倒落魄，他意志坚定地要组建少林足球队，可是师兄弟们早已丧失斗志。"做人如果没有梦想，跟咸鱼有什么区别？"阿星执着地一问，直指多少人的内心！

影片结束后，身边的观众纷纷起身离去，我久久坐着不动，此刻我才明白孟川内心受到的触动。只是影片中的阿星最后成功了，现实中的孟川会成功吗？孟川没有绝世武功，他疏于锻炼，身体发福，不是有信念就可以登上船长峰的。

孟川再也没有打来电话，之后两年的同学聚会也没来参加。有了解他近况的同学怀疑他精神出了问题，吐槽说："孟川看了一部电影魔怔了，回去就辞了职，说要去学什么攀岩，差点没把他爸气死。听说这两年没少烧钱，他老婆不给，就偷偷找他妈要……"大家纷纷摇头叹息，我却暗暗为孟川高兴，因为我知道接近梦想的每一步都是快乐的。

没想到之后不久就见到了孟川，地点却是在医院。孟川在一次训练中发生了事故，从三层楼高的模拟岩壁上掉了下来，万幸地面有保护措施，虽然身上多处受伤，但脊椎并没有大碍。如果是在野外实战，结果会怎样不言而喻。我们老同学去医院看他时，孟川的妈妈正在号啕大哭，死活不让他再练这个。

我也有一刹那的动摇，孟川这样破釜沉舟，甚至冒着生命危险追逐梦想，真的值得吗？"做人如果没有梦想，跟咸鱼有什么区别？"孟川眨眨眼睛，做个"你懂的"表情。孟川的强健体魄已经练了回来，人躺在病床上，周身却没有一丝颓废之气，眼睛中那种奕奕神采也重新飞扬起来。

孟川成功了，他利用三年时间锻炼、完善技能，被一个知名团队吸收为队员。在一次团队作战中，孟川如愿以偿登上了船长峰。现在的他考取了攀岩教练员资格证，针对大量攀岩运动爱好者的实际情况对其进行指导，在好几个城市也都开有抱石馆。好久不见，我想是时候带着弟弟去拜访他了。

我和弟弟来到孟川的抱石馆时，他正在指导几名攀岩爱好者要领，这些爱好者里有在读的大学生，也有年近不惑的中年人。弟弟看了也觉新奇，在孟川和船长峰的合影前看了很久。来之前我和孟川通过电话，孟川对弟弟的到来表示欢迎，热情地说："今天由我来安排，先去电影院看电影，然后吃饭！"

我有点不理解孟川把我们带到电影院的用意，悄悄问他制定了什么战术，《少林足球》已经是十多年前的片子，现在不可能排在院线上映。孟川笑着说保密，然后把我们带到了一个别致的包厢，这里的电影居然是可以点播的。

弟弟对这种新颖的包厢影院感到新奇，加上第一次在大荧幕上看《少林足球》，情绪显得非常高涨。我这时就知道自己没有来错，弟弟已经很久没有这种生动鲜活的笑容了。影片结束后，孟川将自己的经历完完整整讲了一遍，弟弟听得非常入神。

"喜欢这里吗？这个影院是我一个朋友开的，他小时候看电影嫌不过瘾，那时候就幻能想看什么有什么，所以就推出了这种可以自由点播的包厢影院。"孟川循循善诱，"每个人都有自己的梦想，我朋友的梦想是开一家可以自由点播的影院，我的是登上船长峰，你姐姐要出很多很多书，那么你呢？你最想做什么？"

弟弟眼神中闪现出一种奇异的光彩，激动地说："我从高中就有一个想法，现在的游戏都不够完美，我想开发一款自己的游戏！""游戏界的船长峰，这个标杆够高，有志气！"孟川由衷地赞叹，弟弟不好意思起来。我鼓励他："那么还等什么？去做吧！""姐，你支持我学这个？"弟弟兴奋不已，"姐，你放心，我一定好好努力，我一定会成功的！"

我当然会支持他，追求梦想的过程中也许坎坷崎岖，也许遍布荆棘，但那种拼搏带来的满足感足以弥补一切；而没有梦想的人生注定苍白贫瘠，每日浑浑噩噩随波逐流，将大好年华碌碌虚度。正如星爷所说，做人如果没有梦想，跟咸鱼有什么区别？

没有等价的筹码，值得你放弃梦想

　　有个男性朋友向我吐槽，说现在大女人越来越多，动不动就要捍卫自己的尊严理想价值观。分摊家务时锱铢必较，谁负责做饭，谁负责洗碗，好像多拖一次地就会影响她进步，耽误她走上人生巅峰。"真的越来越多了吗？"我认真地问。得到他的肯定答复，我终于可以放心了。

　　我竟不知道现在的女孩子那么慧心玲珑，早早就洞悉了其中关窍。要知道这些人生经验对一些过来人可以说是字字血泪，小艾也是碰得头破血流才明白的。小艾是我表姨的女儿，嫁的是我弟弟的同学东子，所以她家的动向我随时了如指掌。

　　东子妈嗓门大心眼小，嘴皮子又利索，无论买菜讨价还价，还是和人理论争辩，都是个中好手。我表姨上过高中，后来又自学考了会计证，层次比她高些，缺点是极度护犊子，看不得女儿受一点儿委屈。自从东子和小艾结了婚，他们家就开始上演《婆婆遇上妈》的现实版，日子就没有消停过。

　　第一次重大冲突发生在东子和小艾的新婚阶段，蜜月刚刚过完，小艾就怀了孕。按说这是好事，可是我表姨认为年轻人应该先忙事业，不必那么早要孩子。小艾当时正处在关键时期，她学了好多年舞蹈，十三级快考完了，再考个舞蹈教师资格证，也算修成了正果。如果这时候要孩子，一切计划都得搁置。"孩子以后还能再要，舞蹈不一样，放下容易，再拾起来就难了。"表姨忧心忡忡地说。

　　小艾一向听我表姨的，东子也基本能做到支持理解，可是东子妈不同意。在数次沟通无效后，我表姨和东子选择跳过她这个环节，直接陪小艾去了医院。东子妈闻讯赶到医院，用头撞我表姨，哭骂我表姨要谋杀她的大孙子。当时的动静闹得非常大，很多人围观，不知情的还以为出了医疗事故。

　　事情闹成这样的局面，再想把孩子流掉已经不可能了。孩子毕竟在小艾肚子里，小艾也心软了，说："妈，要不我把这孩子生下来？我婆婆和东子都能帮着带，我出了月子就去健身塑形，每天多花点时间练功，一定能把落下的课程补上来。""就是，就是，学跳舞什么时候都不晚，孩子流掉可就没了！"东子妈为了打消我表姨的顾虑，一再表示他们全家都会支持小艾的舞蹈事业。

对此，我表姨只是报以冷笑。

说实话，当时我也觉得表姨的处理方式过于极端，舞蹈和孩子不是非此即彼的选择关系。小艾有东子全家的支持，完全可以两者兼得，不过就是多吃些苦。再后来长达三年的时间里，我才逐渐明白表姨当时那声冷笑的含义。

小艾怀孕期间无非就是吃睡长三件大事，东子一家照顾得也算周到，可以跳过不提。矛盾再次爆发，是在小艾过月子的时候，双方就孩子的喂养方式产生了严重分歧。小艾奶水不足，我表姨的意思是反正不够吃，不如干脆给孩子吃配方奶粉，这样不仅有助于小艾形体恢复，也能保障练功时间。

东子妈第一个跳出来反对："奶粉里有三聚氰胺，能给孩子吃吗？吃出来问题谁负责？"我表姨耐住性子解释："不是所有奶粉都有问题，那么多家庭都喂配方奶粉，孩子不是长得挺好的？要是国产的不放心，大不了吃国外的就是了，挑个大牌子的！"

"那得花多少钱？小艾又没工作，东子一个人的工资买奶粉都不够。再说国外的奶粉就一定好吗？"东子妈还是不同意。我表姨提出如果是因为钱的问题，她可以贴补一部分。东子妈脸上挂不住了："我们是怕花钱吗？我们娶得起媳妇，就养得起孙子！"

眼看战事即将爆发，东子急忙出来打圆场，拉住我表姨的手："妈，这不是钱的事儿，给小艾和孩子花钱，多少我都不在乎。"小艾刚刚升级成妈妈，正是母爱爆棚的时候，出于为孩子着想，也表态母乳喂养比较好。他们一家人达成了共识，我表姨沉默了很久才长长叹了一口气，再没置喙孩子的喂养问题。

小艾怀孕时体重增长了三十斤，在产后恢复的黄金六个月里，她原本应该饮食清淡，再配合锻炼减重塑形。事实上刚好相反，为了有足够的奶水，小艾顿顿大猪蹄子甲鱼汤。另外，因为孩子是母乳，小艾要24小时不离左右，她也就没有时间去锻炼塑形，更没有时间去舞蹈室练功了。

那一段时间，我表姨基本不登他们家的门了。我去看小艾的时候，经常家里就她和孩子两个，一问，东子下班后和同事聚餐，公公打麻将，东子妈去跳广场舞了。聊到舞蹈，小艾抱着孩子，脸上是一种圣母般的幸福光辉："再等等吧，现在孩子离不开我。姐，怪不得有人说女人最终的归宿是家庭，以前我觉得跳舞的时候最幸福，现在虽然不能跳舞，我竟然觉得也挺幸福的。"

我当时听了心里就有一种隐忧，有个流传甚广的实验叫作温水里的青蛙，把青蛙放在逐渐加热的水里，它一开始意识不到自己的处境正在发生变化，等到水足够热想要往外跳时，已经来不及了。大家对这个故事耳熟能详，自己处在同样的处境时却浑然不觉，小艾现在就是这样一只青蛙。

一直到孩子两岁，小艾才慢慢减掉体重。生过孩子的都知道，减掉体重和恢复体型是两个概念，小艾的腰部和腹部都不再紧致了。

与此同时，当初和她一起学舞蹈的几个女孩子都已经做出了不俗的成绩，有的考了舞蹈学院继续深造，有的拿到舞蹈教师资格证应聘教学，工作不累收入却不菲。

小艾这时提出要去练舞，继续考级，这时发现东子一家人都很忙，没人有空带孩子。东子妈虽然没上班，也一直在跳广场舞，嗓门也没见小，但"人老了，带孩子一带一天的话吃不消"。小艾心里有点难过，东子就劝她反正也不差这一年，等孩子上了幼儿园再练吧！

矛盾再次爆发，缘于我表姨去看望外孙子，留下来吃了顿饭。当时我表姨带着外孙子坐，爷爷奶奶作陪。东子大约以为在家吃饭和餐厅差不多，大爷似的坐着等开饭，只有小艾一个人在厨房忙进忙出。我表姨当时脸色就不好看，问东子："你爸妈陪我说话，你怎么不去帮忙？"

东子被问得面子上挂不住，东子妈也是猪油蒙了心，居然说了一句："东子上班怪累的，小艾一天到晚也没啥正事，做做饭累不着。"我表姨当场就怒了，称东子妈说的不是人话，小艾是她的掌上珠心头肉，她省吃俭用从小培养教育的女儿不是送给他家当保姆的。

东子妈也不干了，张口就说："你就没巴望小艾和我们东子好好过日子，当妈的有这么挑事的吗？把俩孩子搅和黄了，你就舒坦了是不是？像你似的为了考个破文凭，连婚都离了，就特别成功，特别了不起是不是？"婚姻失败是我表姨最大的痛处，她把外孙子靠墙放下来才去掀桌子，我个人认为已经控制得相当不容易了。

东子吓坏了，跑到我家找我。等我赶过去的时候，东子妈正撒泼坐在地上，哭着喊着说被人欺负到门上。只见我表姨理理凌乱的头发，对小艾说了声"跟我回家"，然后骄傲地跨过东子妈横着的大粗腿，头也不回地走了。

我同情地看了东子一眼，赶紧去追表姨。东子妈以为我表姨文质彬彬好欺负，那纯属估计错误。我表姨考上会计以前，在工厂当过好几年的一线工人，并不像看起来那么弱不禁风。

那天表姨回去后，我和小艾一直陪着她，表姨第一次主动提起讳莫如深的往事。表姨年轻时就聪慧能干，没能上大学一直是她的遗憾。当时会计是热门专业，我表姨就开始自学会计课程。表姨原以为凭她的聪明勤奋，一两年就能拿到证，不料一拖就是十年。

表姨刚开始自学时已经怀孕了，半年后就有了小艾。她一边上班，一边带孩子，日子过得鸡飞狗跳，每天临睡前才能看一会儿书。好不容易小艾上了幼儿园，她能喘口气了，还没拿起书本，婆婆又瘫了。表姨又开始伺候婆婆，这下工作孩子老人连轴转，她再也抽不出一丝精力学习了。

这样一晃又是几年，婆婆身体内的器官逐渐衰竭，后来因为并发症撒手走了。表姨整理完婆婆的遗物，心想女儿也上小学了，她可以心无旁骛地再次拿起书本了。狗血的剧情就在这时开始上演了，表姨夫的一位女同事给她打电话，说她和我表姨夫相爱已经两年了，希望她能退出，成全他们。

这样的电话，哪个妻子接到都是晴天霹雳。我表姨听完愣了一会儿，然后客客气气地说："啊，这两年我照顾婆婆，可能没顾上他那方面的需求。你给辛苦补上了，还不收钱，怪过意不去的，谢谢啊！"据说那女同事，气得挂了电话就哭了。我表姨没哭，她当时除了恨，还有不甘心：她放弃自学，下了班马不停蹄地带孩子照顾婆婆，这就是她得到的回报吗？

表姨说她曾打算死都不离婚，拖死那对狗男女。我忍不住问："那你后来怎么同意离婚了呢？"表姨苦涩一笑，说："因为没过多久我就生病了，身体里长了个东西，医生说良性与恶性的概率各占一半。"我悚然动容，小艾也张大了嘴巴，她也是第一次知道这件事。

表姨说在等化验结果的那几天，她把自己的生活从头捋了一遍，最放不下的是小艾，最遗憾的是自学会计课程没有完成。她一遍遍抚摸珍藏的教材，后悔不该一拖再拖，以致留下永远的遗憾。后来化验结果出来是良性，表姨死里逃生，当即做出离婚的决定，选择独自带着小艾生活。

"我也想过报复他们，可是好不容易有了重新再活一回的机会，为了报复搭进去太不值得了！"表姨经历的一场疑似癌症的病，让她对生命有了更清醒的认识。事实证明表姨的选择是对的，这些年她靠自己的努力完成了自学，考取会计证，换了工作，养大了女儿，的确活得更好。

也正因为如此，看到小艾一步步重复她的老路，表姨才格外着急。我和小艾对望一眼，至此才真正明白表姨的用心。那场轩然大波的最后解决方案，是东子妈和我表姨合伙出钱请了一个保姆。小艾晚上自己带孩子，白天去练舞，看得出她比以前更认真，更努力了。

"我们没有完全付出自己，不是因为不够爱你们，不够爱自己的家；也不是怕你们出轨找小三，自己的心血最终喂了狗。我们只是和你们一样，也想实现自己梦寐以求的理想，做一个能掌控人生的自己。"我在和这位男性朋友聊天时，稍微运用了一下语言技巧。果然他很容易就接受了，一再表示如果是这样的话，也是可以理解的。

我想再对女同胞们推心置腹地说一句，不管你有多忙，有多爱你的家人，都不要以此为理由放弃追求自己的梦想。家庭是分工合作的单位，你不必做悲情色彩的孤胆英雄。孩子也好，家务也罢，需要时请团结一切可以团结的力量。现在日光灯水晶灯节能灯应有尽有，何苦一定要燃烧自己照亮别人？

这世界上没有任何等价的筹码，值得你为之放弃梦想。

趁年轻，你还有机会重来一次

表妹的同事小何下个月结婚，原计划把婚礼交给世纪之爱婚庆公司承办，不料人家工作日程已经排到了两个月之后。小何的未婚妻为了迁就婚庆公司，决定推迟婚期。这下可坑苦了小何，喜帖已经发出去了，婚宴也定好了，现在要改日子，他爸妈会剥了他的皮。

小何找婚庆公司再三商量，对方表示"非常抱歉，但实在没有档期"，答应介绍靠谱的同行给他们。于是小何就联系了另一家婚庆公司，结果未婚妻青青大哭大闹。因为"世纪之爱"的营销策略和某知名珠宝一样，是一生只能享受一次服务的定制款，小何此举被未婚妻认为是"心有二志，压根没打算对她从一而终"。青青提出分手，原话是"与其将来一别两宽，不如现在赶紧散伙"。

　　年轻人闹，老人们也没闲着。小何爸妈抱怨没过门的儿媳妇不懂事，青青的父母更是质疑小何："连这点小事都办不好，将来怎么照顾我们宝贝闺女？"这么一来，矛盾直接从要不要推迟婚期上升到了要不要解除婚约。小何两边周旋受尽夹板气痛不欲生，差点想不开跑去五台山出家。

　　表妹得知后动了恻隐之心，知道我和世纪之爱婚庆公司的老板老板娘都是朋友，就带着小何来找我帮忙。"婚礼交给谁承办是一切矛盾的起因，要是能帮我说句话，在世纪之爱插个队，你以后就是我亲姐！"小何披肝沥胆盛意拳拳，就差对天起誓下辈子当牛做马报答我了。

　　我听完大为惊异，迟磊的婚庆公司什么时候这么牛了？

　　迟磊是我闺蜜的老公，个子挺高，长得并不帅。在这个看脸的社会，我和闺蜜都属于那种"自己丑还嫌别人长得丑"的资深外貌协会会员。迟磊能融入我们的圈子，得到大家认可，最初的原因是他拍照片拍得特别好。像我这么不上镜的人，他都能从各个角度拍出逆天的颜值效果。（这是青青不惜婚礼延期也坚持请他的原因之一？）

　　迟磊爱好摄影，后来拍平面嫌不过瘾，就咬咬牙买了一台摄影机。他白天扛着在大街上拍众生相，晚上和志同道合的网友交流学习，慢慢的居然也鼓捣出几个小短片了。这让迟磊备受鼓舞，劲头更足了。

　　前几年微电影刚火起来的时候，迟磊觉得自己的春天到了，他想自己拍个微电影。迟磊本来经营着一家规模不大的影楼，为了筹钱，他把影楼转让了。当时身边的朋友都劝他不要冲动，迟磊却一副不疯魔不成活的癫狂状态，谁的话都不听。那时迟磊和我闺蜜已经结婚了，好在我闺蜜理解他，支持他，迟磊就这样孤注一掷地"入行"了。

结果当然是惨败的，网海茫茫，迟磊的微电影扔到视频网站，连个水花都没激起来就沉下去了。迟磊痛定思痛，认识到是自己的水平原因，于是千方百计联系剧组想进去工作。他希望跟组积累经验，结果人家直接一句"不负责培训新人"就拒绝了。

那时候的迟磊四面楚歌，我闺蜜又刚怀上了宝宝不能上班，最后走投无路的时候，他看到一家婚庆公司招人拍结婚录像，扛着自己的摄像机就进去了。迟磊在那家婚庆公司干了两年后，自己出来也开了一家，就是现在的"世纪之爱"。我知道他的生意越来越红火，闺蜜和我们聚会，他已经很久没有一起参加了，只是没料到已经火到要托关系走后门的程度了。

那天在表妹和小何的一再要求下，我只好跟他们走了一趟。当时迟磊在和一对新人商量婚礼当天的流程，认真专注得像正在给演员说戏的导演，见到我们挥挥手算是打了招呼。这是我第一次见到工作中的迟磊，眼神熠熠生辉，神采飞扬，全然不是平时的模样。

我对闺蜜说出自己的看法，闺蜜笑着说："工作狂就是这样，他干着活就有精神，不干活就萎靡不振。"后来翻看婚礼策划案例，我发现迟磊把每一场婚礼都拍成了独特的爱情故事，才明白怎么回事。

做过梦，发过疯，挣扎过，失败过，现在泯于众生的迟磊，他的电影梦无处安放，只能寄托在别人的婚礼录像里。

　　一个月很快过去了，小何和青青喜结良缘，总算顺利走进了婚姻的围城。十月一前后，闺蜜和迟磊的生意越发火爆，闺蜜连每周一聚都无法参加了。在此后相当长的一段时间里，我们并没有更多交集。直到上个周末，闺蜜总算在我们小聚的咖啡馆现了身。

　　闺蜜眼睛红肿，一看就狠狠哭过，我顿时心生警惕。有朋友和她开玩笑，天天日进斗金怎么有空出来。闺蜜回答："有空，以后天天有空，我下半辈子就和你们混了。"我吃一惊，果然立刻有人问："你和迟磊离婚啦？"

　　"呸呸呸！你们就不能盼我点好？"闺蜜翻个白眼。闺蜜和迟磊是真爱，曾经一起走过最困难的时期，如果现在还有白头偕老这回事，他们肯定是为数不多的一对。大家一再追问，闺蜜才说是迟磊要继续去拍电影，已经把"世纪之爱"转让给别人了。

　　大家集体大吃一惊，迟磊又犯二了，这不是"重蹈覆辙"吗？

　　我让她从头慢慢讲，闺蜜说上个月有个姓程的老人到公司来，要办金婚典礼。遇上这样的"生意"，闺蜜和迟磊两人总是分外热情，通常推掉别的单子也要为老人留下美好的记忆。这次当然也不例外，让他们意外的是这位程爷爷格外有主心骨，迟磊推荐的方案一概不用。

　　"你负责拍就行，剧本我已经写好了。"程爷爷很牛掰地说，请注意关键词"剧本"。他从随身携带的包里拿出两本打印装订得整整齐齐的册子，封皮上编剧一栏赫然写着程震东，想必是他老人家的大名了。

　　据程爷爷说，这样的剧本他印了三十多份，所有参与拍摄的"演员"人手一本。我闺蜜当时看了迟磊一眼，心里叫苦不迭：这程爷爷不能是老年痴呆吧？

迟磊低头一页一页翻看，脸上的神情却越来越凝重。程爷爷的剧本写的是他和老伴的故事，截取风风雨雨一生中最重要的几个场景，最后以全家福的形式总结收尾。程爷爷说的"所有参与演出的演员"，就是他家的儿子儿媳、女儿女婿和孙子外孙女。值得一提的是，除了文采出众，剧本本身格式也很规范，分场合拍摄脚注都非常专业。

"请问，您是从事什么工作的？"迟磊恭敬地问。程爷爷笑了："我呀，卖了一辈子猪肉，以前的摊位就在西城大通菜市场。"迟磊吃了一惊，程爷爷像看穿了他在想什么，就自己打开话匣子，说起了他的一生。

程爷爷那一代人，除了出生在极个别的家庭，基本上都是吃苦长大的。程爷爷家里兄弟姐妹多，上完中学就参加工作，开始帮着父母养家糊口了。那时候汪峰老师还没出生，没有人问过他"你的梦想是什么"。程爷爷没有明确的目标一定要干什么，但他喜欢看书喜欢幻想，总感觉自己应该干点别的，而不是当售货员。

张艺谋的《红高粱》红遍大江南北的时候，埋在程爷爷心里多年的种子破土萌芽，他知道自己应该干什么了——当编剧。"我当时就想，要是把自己心里想的故事写出来，拍成电影让全国的观众都看到，那该多美啊！"程爷爷说话时神情生动、眼神明亮，一点儿也没有迟暮老人的黯淡。

理想很丰满，现实很骨感。程爷爷当时已经结婚并有了三个孩子，他的售货员工作也被改革掉了，一家人的生活全靠他和妻子在菜市场卖青菜维持。程爷爷白天卖菜，晚上试着写剧本，其中艰辛可想而知。关于专业上的重重困难就不说了，随着孩子长大，经济上的压力也与日俱增。

有一年暑假开学，三个孩子都要交学费，程爷爷硬是凑不够。他去找他亲大哥借钱，大哥不乐意，最后还是拿给了他。程爷爷临出门时，大哥叫住他："听说你自己还在'学习'呢？穷成那个熊样，孩子的学习都顾不上了，你自己还学个啥？"程爷爷当时如被人迎面揍了一拳，鼻子酸涩得差点流下泪来。

在那个所有人都在为吃饱穿暖奔波的年代，写作是多么奢侈而遥不可及啊！

"后来我就把青菜摊子交给老婆，我又租了个摊位卖猪肉，这才慢慢对付得过去了。再后来三个孩子陆陆续续上高中，上大学，买房子，结婚成家，天天过得就像在戏台上踩着鼓点似的，没有一丝喘息的空闲。日子真不经过啊，一晃就老了！"程爷爷的原话如此说。

这两年程爷爷时间空下来了，又开始琢磨起剧本，这个"金婚典礼"就是他的心血结晶。迟磊当时很受震动，当即表示会使出生平所有的本事拍出这个短片。如果程爷爷允许，他还可以帮忙上传到互联网的视频网站。程爷爷非常激动，两人大有相见恨晚之感。

"拍完那个短片，迟磊整个人都变了。有生意也不管，一个人能不声不响地坐上一天。"闺蜜叹口气，"前几天有个以前拍片的朋友联系他，说是正在筹拍一个什么电影，他就疯魔了，二话不说就把婚庆公司转让了。""他是从程爷爷的一生看到了自己的将来，他怕自己老了会后悔。"我说。

闺蜜使劲点头，说："他就是这么说的，现在还年轻，如果不再试一次，他到死都不会甘心。你说摊上这么个一根筋，除了由着他，我还能怎么样？"大家听完议论纷纷，有人赞赏迟磊的勇气，有人认为他是执迷不悟。我却由衷为他感到高兴，不管迟磊将来是否能成功，至少在尚有可能的时候，他再努力了一次。

我们在年轻的时候拥有梦想拥有激情，遗憾的是到了中年才能拥有经验、资本。如果曾经的梦想因为力有不及没能实现，那么趁现在还抓着青春的小尾巴，再给自己一次机会放手一搏吧！

养家糊口，不是对梦想始乱终弃的理由

一到春节前后，从小学到初高中大学各届同学会都风风火火张罗起来。我一连参加了好几拨，发现老同学聚在一起大多聊工作聊生活，追忆无忧无虑的校园生活，缅怀豆蔻年华如歌青春。如果需要制造气氛，那就找一对当年或暗恋或牵过小手的男女同学起哄，每次气氛都能嗨到极点。

聊了那么多，唯独没有人聊一聊当年的梦想。我试着提过两次，每次都遭遇冷场，正在喧哗笑闹的小伙伴们一下安静下来。大家好像突然记起曾经还有过梦想这回事，然后就陷入短暂的沉思——这是勾起任何一段重要回忆时的正常反应。

这时通常会有两类同学出来打破僵局，二货型的同学哈哈一笑：

"那都是小时候写作文被老师逼的，谁还不梦想当个宇航员、科学家啥的，我要是那时候就写长大了倒腾二手车，咱们老师还不得往死里揍我啊？"

还有一种曾经追求过又最终放弃的欲盖弥彰型，他们不像二货型那么没有底线，一般会讪讪地解释："生活压力那么大，恨不能一天能有25个小时挣钱，哪里还敢奢谈梦想啊？"然后深有同感的同学就会纷纷附和，再然后话题就被转移到生活压力上去了。

不是我热衷打脸，哪壶不开提哪壶，原本我也认为"梦想屈从于现实"虽然遗憾，却也情有可原。毕竟我们都是上有老下有小，都挑着卸不下也不能叫苦喊累的担子。只是最近一位师弟的事触动了我，让我重新开始思考这个问题。

我师弟也是80后，比我小一岁，属于上小学时大学不要钱，上大学时小学不要钱，自己出生时"只生一个好"，轮到自己生时又赶上开放二胎的苦逼一代。我这师弟又志在写作，如此一来百上加斤，活得就更不易了。

众所周知，就目前大环境而言靠写作养活一个人还是勉强可以的，前提是不放纵自己胡乱消费，坚决不买奢侈品。如果想靠写作养活老小一家子人，那基本会饿得老婆带着孩子改嫁，爹妈含泪掏出棺材本买米买面。当然，年少成名的韩某某、郭某某除外。

我师弟不敢不上班，找了一份朝九晚五的工作维持生计，下班后就一头扎进书房写小说。他在一家文学网站写玄幻，一开始并没有收入，每天熬夜码文都是免费更新的。这一领域有的是一腔热血踌躇满志的在校学生，别人更新你不更新，小说一下就沉下去了。当时也有关系不错的哥们问他："每天点灯熬油的，一分钱也没有，你图什么呢？还不如在单位加班呢，至少还有加班费。"

"我一天最好的八个小时已经用来挣钱养家了，下班后的这点时间总该由我自己支配了吧？"师弟"任性"地说，"再说那些没写小说的人，下班后也没见得留在公司加班啊，还不是喝酒唱歌打麻将？"师弟说的确实是实情，别人也就不好说什么了。好在师弟的妻子通情达理，虽然师弟写作时不能红袖添香，但她独自料理家务哄好孩子已是最有力的支持。

师弟究竟是怎样熬过来的，我并不能悉数知晓，但我经常见他的头像彻夜亮着。师弟的妻子说，他经常天快亮的时候打个盹儿，被窝还没捂热就起来洗洗脸上班去了。这样的状态一直持续了三年，师弟终于慢慢积攒起人气，开始崭露头角了。点击、收藏上去后，打赏和月票的收入也随之而来，首次单月稿酬过万的时候，他们全家请我吃了一顿饭。这倒不是说我给予了他多大的帮助，而是在别的行业月薪一万并不算多，能理解他认可他并真心为他高兴的，也只有我了。

上个月，师弟卖掉了一部小说的影视剧版权，版税六个零。虽然没有大富大贵，但足以让他能辞掉工作，安心创作。这是一个在现实泥泞中苦苦挣扎不言放弃的励志故事，一个我跟师弟师妹们聊天时一再提起的牛逼闪闪的正面典型。那么，反面典型有没有呢？

我不得不遗憾地承认，就我身边而言，反面典型的资源都有饱和的趋势了，半途而废的例子俯拾皆是信手拈来。在这里，我不得不提另一位师弟，他们两个实在太有对比性了。为了保护他人隐私，最重要的是为了不被人追杀上门，下文中用化名"小旋风"代替。

首先强调一点，"小旋风"这个称呼和黑旋风李逵没有一毛钱的关系。我这位师弟相当英俊，有点像林志颖。80后的都知道，林志颖刚出道时就被称为"小旋风"，我们几个多年故交一直就是这么称呼他的。

小旋风和上文中的师弟一样，热爱写作，他们俩在学校时还合伙办过校刊。谁要是写了一篇得意之作，那嘚瑟劲儿就跟现在的年轻人显摆肾六似的。他们的分水岭是在毕业参加工作以后，小旋风的工作一开始也很清闲，有大量时间写作。只是他结婚后很快有了孩子，加上要还房贷，就换了一份保底加提成的销售工作。

我对销售不太了解，一想起这个行业感觉就是求爷爷告奶奶外加喝到胃出血。一个做过销售的熟人告诉我，做他们那行关键就三点：一坚持，二不要脸，三坚持不要脸。这话虽是调侃意味，听来却颇让人心酸。小旋风一入销售深似海，从此忙得不见人，连我们那伙人的周末聚会都不大参加了。

或许你会说，忙些也值得，干销售是很来钱的。问题这就跟说北上广到处都是机遇一样，具体到现实、到每个人身上，情况通常又是另一回事。小旋风大约运气不好，加上他长着一张容易犯桃花的脸，他老婆就十分在意他和女客户的联络，所以尽管他十分努力，业绩却一直差强人意。

在小旋风和上文中师弟两人妻子的对比上，足以看出娶妻娶德的重要性，这在另一本书里会详细写到。现在我们就重点说小旋风，小旋风工作上长期不顺心，看到同门师弟已然成了网文大神了，又自觉为家庭牺牲太多，心理失衡越来越严重。

前两天，小旋风陪客户喝酒时酒精中毒住了院，我和网文大神去看他。小旋风一副劫后余生的模样，刚刚三十岁的他，脸上竟然有了沧桑的痕迹。最明显的还是性格上的变化，以前的自信洒脱气定神闲荡然无存，现在的他浮躁了许多，动不动就发脾气。

在我们逗留不到一个小时的时间里，他烦躁地呵斥了妻子两三次，无非都是倒的茶水过热、水果洗得不干净等小事。当着我们的面，他的妻子尚能克制自己，勉强笑着并没还嘴。但愿上帝保佑小旋风，在我们走后他还能有同样的待遇。

除了我两位师弟这种情况，还有一部分人更为奇葩。他们以养家糊口作挡箭牌，心安理得地过着上班应卯毫无追求的生活。看到别人成功也会艳羡，然后会说如果不是要挣钱养家他也能如何如何。这种人从不反思不成功是因为自己的原因，就算不让他们养家糊口，万事俱备任他拼搏，一样会有别的借口。

生活的压力是每个人都必须承受的，但养家糊口并不是对梦想始乱终弃的理由。面对现实的艰辛不易，是乐观地将压力变成动力，还是放弃能带给我们无限慰藉和勇气的梦想，像蜗牛一样被动地负重前行，需要我们做出正确的选择。

愿每天叫醒你的不是闹钟，而是梦想

　　为了赶一部书稿，我每天4点钟起床，连续半个月后邻居华叔来敲门了。我奇怪这一大早的能有什么事，华叔有点不好意思，搓着手说："小雪啊，霖霖不肯起床上班，你婶做好吃的，我拿脚踹都不好使，他死活不起来。你大道理懂得多，他又肯听你的，你替我们说道说道他行不？"

　　"霖霖找到工作了？"华叔对我如此倚重，我自然责无旁贷，跟着华叔去了他家。霖霖是华叔的儿子，大名甘霖，今年二十四了。甘霖从小和我弟弟一起长大，一年中有半年在我家蹭饭，不知道的都以为我有两个弟弟。

　　去年我弟弟北上追求梦想去了，甘霖就落了单，每天无所事事睡到日上三竿。以前没工作就算了，现在上班了还蒙头大睡不起来，他上辈子是折翼的树懒吗？

"霖霖，太阳都……"我一看太阳还没出来只好改口，"这都5点半了怎么还不起床？"霖霖蒙着被子，一动也不动。"好像是早了点哦！"我悄声对华叔说。"霖霖是早班。"华叔一个劲地使眼色，让我再叫。

鉴于难度比较大，我搬了一张椅子坐在他床头，换了个话题："现在的人都好八卦，两个男生一块走路都被说成是好基友，霖霖，你怎么看？"甘霖还是没反应。

我继续说："我觉得有失偏颇哦，东晋时候有两个男生，一个是型男豁达豪放，一个是小鲜肉，'美姿仪，弱冠以文采征服京都洛阳'，意思就是长得比都教授还招人喜欢，填词作曲火得跟方文山似的。他们两个关系很好，一块踢踢球泡泡吧听听演唱会啥的就不说了，还经常半夜一起干点有违禁忌的事，可也没见有人说他们搞基啊……"

"他们真干有违禁忌的事了？"甘霖果然忍不住接腔了。我肯定地回答："是的，在东晋时候半夜听到鸡叫是不吉利的，称为'恶声'。通常大家都装听不见，有点见怪不怪，其怪自败的意思。有次型男半夜听到鸡叫，问小鲜肉听到没有。小鲜肉立刻自欺欺人地回答"呸呸呸"不吉利，人家没听到。然后型男就教育他，你这是封建迷信呀，看你小细胳膊小细腿的，以后每天从鸡叫开始跟哥哥一起练剑吧……"

"姐啊，这是闻鸡起舞好吧？"甘霖翻个白眼，"是啊，据专家考证，鸡叫时分大约在凌晨4点左右。都是你这个年纪，祖逖和刘琨4点能起来练剑，这都快6点了你不能起来上班？"我趁机教育他，"还有宗悫，还是熊孩子时叔叔问他的梦想是什么，宗悫就豪情万丈地回答愿乘长风破万里浪，年轻人就该有理想有目标奋发向上！"

"那能一样吗？祖逖起来是和小伙伴一起玩耍。宗悫站着说话不腰疼，滑板冲浪谁不愿意啊？我是要去殡仪馆上班啊！昨天来了个车祸意外身亡的，刚好赶上我早班火化，这天都没亮我就得去伺候那哥们。我这才叫上班的心情跟上坟似的，这能一样吗？"甘霖几乎声泪俱下，委屈得不要不要的。

我默默看了华叔一眼，华叔在殡仪馆工作了半辈子，看来有心让儿子子承父业，把甘霖弄到他单位上班去了。"叔，如果是这样，这事就不能怪霖霖了。天不亮就去殡仪馆上班，搁谁谁乐意啊？"我将心比心地说。华叔一脸浩然正气："我乐意呀！工作不分高低贵贱，哪一行都得有人做……"

甘霖忍无可忍："你乐意你就做嘛，干到延迟退休，站好最后一班岗。问题是我不乐意啊，我都不要求你成为富一代了，你也别绑架我的梦想耽误我发家致富啊……""你的梦想是什么？"我抓住关键问。"哼，他的梦想是干传销！"华叔鄙夷地回答。甘霖要气炸了："我再声明一次，不是传销，是微商！微商！"

华叔和甘霖又展开了新一轮关于微商的辩论，我趁机和华婶聊了聊，才知道甘霖两个月前经朋友介绍加入了一个微商团队。由于起点低，周期短，甘霖很快就取得了初级阶段的胜利。这件事给甘霖带来极大的鼓舞，成功的曙光照亮了他的心灵，甘霖坚信只要自己努力下去，必然会升职加薪当上总经理出任CEO迎娶白富美走上人生巅峰。于是，甘霖要拿家里的十万块钱加盟做代理。

华叔对甘霖的请求就俩字，"不行！"微商刷朋友圈和加盟代理的模式让不少人反感，加上有些害群之马确实干着杀熟坑自己人的事，导致微商受到不少质疑。华叔坚决反对甘霖干这行，不但没给投资，还动用自己有限的资源迅速给他安排了工作——到殡仪馆上班。

到了这个时候，问题已经从能不能准时起床上班演变成了关乎梦想的职业选择，这也是最关键的地方。在接下来的会谈中，我的立场也从华叔请来的说客变成了甘霖的支持者。撇开甘霖要加盟的微商团队靠不靠谱不谈，我只问他在做微商时的表现，希望华叔华婶给出客观评价。

华叔虽然不情愿，但还是承认甘霖那段时间睡得比狗晚起得比鸡早，可是天天容光焕发斗志昂扬的，除了当年备战高考，就没见他这么勤奋过了。"洗脑动员打鸡血，这不正是传销的手法吗？"华叔坚持自己的看法。"那么进了殡仪馆工作以后呢？"我又问。

"就现在这副没精打采半死不活的样子嘛，每天你婶换着花样做好吃的，就这还得叫几遍才起来，气急了我就拿脚踹。"华叔鄙视地说。甘霖立即表态："天天去那种地方上班，还不如被你踹死呢！"眼看父子俩又要吵起来，我只好使出杀手锏："如果这里需要我，你们就搁置争议听我说；如果不需要我，我现在就回家接着写稿。"此话一出，两人果然都不出声了。

"甘霖前后两种判若不同的表现，其实不能简单地用勤奋或懒来界定。就像吃饭，如果是自己喜欢吃的食物很快就能吃完，说不定还想再来一碗；如果不喜欢还得勉为其难吃下去，吃得自然就很慢。那吃得快就是勤奋，吃得慢就是懒吗？肯定不是这样，这和行为驱动力有关。"我努力回想不久前和沈佳的聊天内容，尽量深入浅出地解释给他们听。

在心理学上，驱动力分为生物性驱动力、外在动机和内在动机。

生物性驱动力，说白了就是生理上的需求，肚子饿、内急都是起床的生物性驱动力。大名鼎鼎的树懒，一生吃饱就挂在树上睡觉，懒得游戏甚至懒得交女朋友，唯有上厕所时不得不慢吞吞地爬下树。遗憾的是对于人类来说，生物性驱动力起不了太大作用，这一点从"回笼觉"受欢迎的程度上就看得出来。

外在动机是指做出特定行为时，环境会带来的奖励或惩罚，华婶做的花式早点和华叔的无影脚都属于这个范畴。奖惩制度在短期内或许会有效果，但时间一长，惰性和消极情绪还是会占上风。所以后来华婶做什么好吃的都不好使了，甘霖情愿被踹死也不想起床上班，其中最重要的原因就是缺乏内在动机。

内在动机是什么？是完成一件事时的决心和热情。热爱永远是行动的最大动力，当一个人全身心投入自己喜欢的事时，内心会产生非常愉悦且不愿被打断的美妙体验，即心流。

时下有句非常流行的话，希望每天叫醒你的不是闹钟，而是梦想，真是一语中的。如果一个人有目标有计划，做的是自己喜欢的事，每天心里像烧着一团火似的，必然会急不可待地去实现去完成。在这样执着的信念面前，所有的困难阻力都无法阻碍他前行，何况是起床这种小事？

"正因为这个原因，霖霖之前早起晚睡并不觉得有什么困难，别人看来受尽辛苦，其实他自己甘之如饴。这和那些放弃所有娱乐沉迷科研的学者一样，我们看着枯燥乏味苦不堪言活着都没啥意思，但对于他们来说，自己正在做的事远比大众眼中的娱乐更好玩，更吸引人。"我最后总结，"我觉得应该让他做自己喜欢的事，这比你们的威逼利诱管用多了。"

华叔华婶对望一眼，内心明显已经产生了动摇。甘霖急不可待地追问："怎么样？答应不答应我加盟创业啊？""小雪，你说霖霖那个微商靠谱吗？"华叔问。对此，我的回答是向鱼问水，向马问路，请专业的行内人给点意见。

每一个起床困难症患者，真正的病因不是懒，而是内心抗拒一天开始的表现。找到自己真正想要的生活，起床困难症就会不药而愈。

愿将来的每一天叫醒你的都不是闹钟，而是梦想。

CHAPTER 6
每一次被现实折磨得遍体鳞伤

生活要的不是握手言和，

它从来只想让你俯首称臣。

动物都能自己疗伤，我们不过伤了心

　　夏雪失恋第3天了，不哭不闹，不吃不喝，蒙在被子里一直保持着蜷缩的动作。再这样下去，我断定她熬不过33天的失恋恢复期、迎接新生的太阳。如果不出意外，估计这个星期之内就能顺利饿死了。我决定想想办法，先不说同居一室见死不救说不过去，她要真饿死可就没人和我分担房租了。

　　我打电话给那位快修成半仙之体的师兄求助，他开有自己的情感专栏，治疗夏雪正好可以对症下药。师兄古道热肠，推荐了食疗与色疗两种方法。食疗望文生义，就是做很多厨神级别的美食，让人垂涎三尺无法拒绝，化悲愤为进食的欲望。可惜我还是"见习食神"的阶段，厨艺尚未臻至化境，这一招没有奏效。

色疗更好理解，忘记旧爱的最好办法就是爱上新欢，就让暗恋她的她暗恋的男神们都来送温暖吧！我拿着夏雪的手机，逐一拨打通讯录上男性朋友的电话，提出不情之请。他们大爱无疆，轮流登场安慰，可惜夏雪连一句回应都没有，全程只有一种表情："不要理我，让我死了吧！"

我火急火燎再打给师兄，师兄沉吟："那就只有放大招了！你带她出来，我陪你们去个地方。""食疗色疗都没反应，她肯出来我就不着急了！"我抱怨。师兄笑了，说他有六字真言，保证夏雪听后光速离开房间。我半信半疑，如法炮制趴到夏雪耳朵边说："家里进老鼠了！"

"啊——"夏雪尖叫一声，顶着被子跑到门外，连鞋都没顾上穿。我看得瞠目结舌，原来多少如花似玉的帅哥都不如一只老鼠奏效！好吧师兄，算你赢了。夏雪挪窝后，虽然还是生无可恋，但在哪儿死都是死，已经不坚持躺在床上了。我连哄带骗把她带到约定的地方，师兄已经提前到了，正站在车边等我们。

师兄让我们上车后，一口气开了四个多小时。车窗外的景色由林立高楼过渡到城乡结合部，再然后连民居都少见，只剩下逐渐高大起来的山脉了。夏雪终于忍不住开口问："我们到底去哪里？""眉山一日游，亲近自然，洗涤心尘。"师兄笑笑回答。我忽然想到他有一个做护林员的忘年交，到了后果然是个五六十岁古铜肤色的老人招待我们。

老人姓秦，我们跟着师兄喊他秦叔。这时忽然下起雨来，大家只好坐在屋里聊天。秦叔说起他在眉山当护林员已经快30年了，一开始每月50块钱,现在涨到1200了。好在他独身一人,开销不大,实在不够就自己种点蔬菜药材贴补一下。

我不禁感慨良多,想想我们吃着碗里看着锅里,有更好的待遇和上升空间就果断跳槽,秦叔真该向我们学习啊!30年守着一份与世隔绝待遇菲薄的工资,还得自己开荒贴补开支,这不是缺心眼吗?

"很多人都说我缺心眼,干吗死守在这里,要进城早就挣大钱了。钱嘛,我一个人够用就行,我要走了,她娘俩就孤单了。"秦叔神情寂寥而遥远,似乎沉浸在回忆里。秦叔说当年刚来这里当护林员的时候,是他们一家三口一起来的。

那时候儿子还不到两岁,刚学会说话。秦叔每次进山巡视的时候,儿子就偎在妈妈怀里,眼巴巴看着他,说:"要果果。"秦叔每次都满山搜罗野果,回来时老远就能看到妻子抱着儿子在等他。那次和往常一样,秦叔回来时口袋里装满了刚成熟的酸枣,却没看见妻子抱着孩子的身影。

秦叔有一种不祥的预感,急忙快走几步,顿时被眼前的景象惊得呆住,眼前一黑差点栽倒在地上。"是泥石流,在我离开的那段时间,刚好有一股泥石流爆发,冲得整座屋子都不见了。"时隔那么多年,秦叔眼里的悲切依旧没有消散,我听得悚然动容,夏雪也抬起头来。

秦叔就这样失去了妻子和年幼的儿子,当地工作人员和他一起挖了很多天,连遗体都没能找到。秦叔万念俱灰,当时他想既然找不到,自己也死在这儿吧,好歹一家人也算团聚了。他打算跳崖,结果几天水米未进,爬到半山腰就没劲了。秦叔估摸着这个高度也能摔死了，就纵身跳了下去。

"啊！后来呢？"我紧张地问。"后来我当然没死，不然现在谁和你们拉话呢？"秦叔说他在快着地时被树枝挡了一下，虽然摔得当场吐了血，还伤了一条腿，却并不致命。只是可怜一只硕大的癞蛤蟆祸从天降，被他砸得摊在石头上，内脏都出来了。后来有搜救人员进山找他，秦叔一心求死，就故意不出声，几天后就没人来找他了。

"当时你受了那么重的伤，又不愿意被搜救人员发现，那你后来是怎么脱险的呢？"夏雪被秦叔的故事吸引了，关心地问。我也非常感兴趣，按照正常剧情，秦叔这时候该意外发现一本秘笈了。

"是那只癞蛤蟆救了我，没有它，我早就死了。"秦叔大约等死的那几天也实在无聊，于是开始观察起那只癞蛤蟆。那只癞蛤蟆竟然没有死，先是微微地吊着一丝气，勉强维持活着，后来呼吸越来越有力，每次一吸气，就把裸露出来的内脏吸进去一点点。两天之后，它竟然把内脏完全吞了回去。它以静制动，靠捕食经过的昆虫补充体力，又过了两天居然慢慢爬走了。

"当时我真不敢相信自己的眼睛，要不是亲眼目睹整个过程，打死我也不会相信的。"秦叔说，"当时我就不打算死了，一个没毛东西命都丢了，还能自己挣回来，我一个大男人自己不想活了，到了那边也没脸见她娘俩。"秦叔想通了后，自己拖着一条伤腿爬了回去。大家都以为他死了，见到他回来又惊又喜，放到现在指定上头条了。

"后来我就留下来继续当护林员，头些年我还想找到她娘俩，得空就挖挖刨刨。现在不找了，她们早就和这眉山的石头长一块儿了，我守着眉山，就是守着她娘俩了。"秦叔笑容安详，从事发时的撕心裂肺到现在的超脱安然，他整个人已经活得通透了。

　　秦叔的故事讲完时，雨也停了，夏雪听得两眼含泪。秦叔在生死挣扎间领悟生命，夏雪在倾听对比中认识爱情。这样的守护才是真爱啊，经不住诱惑的失去不算损失。

　　"来，我带你们去看看新鲜。"秦叔领着我们去他的经济园，里面种着蔬菜和药材，一只大吐绶鸡正领着小宝宝们啄食柴胡叶子。秦叔说小鸡们淋了雨容易感冒，鸡妈妈每次都带它们过来"吃药"。我惊愕地张大嘴，这些货是要成精了吗？

　　回去的路上，我们还在为这个话题讨论。"很多动物都会自我疗伤，猴子得了疟疾去啃金鸡纳树的树皮，人们发现后才提制出金鸡纳霜这种药。"师兄意味深长地说，"有时候动物远比人类坚强，受伤、断腿、中毒都会竭力自救，只为了生存下去。人却脆弱得多，不要说生病，仅仅是受了挫折伤了心，就觉得活不下去一样，动物哪有这么娇气？"

　　夏雪当时没有出声，回去后开始收拾房间做晚饭，想来是听懂了师兄话中所有的寓意。

穷是一种病，不要拖成无药可治的顽疾

沈佳是我闺蜜，周末约我逛街喝咖啡。为免看她恨铁不成钢的脸色，我巴巴找出压箱底的衣服，这是我为了参加一些必要活动特意置办的，仅穿了两次。见面后，沈佳优雅地侧着下巴，目光从上到下打量我一遍，妆容精致的脸上慢慢浮现出那种熟悉的怒其不争："用这种口红不怕粘牙上？买支阿玛尼好了！鞋跟那么粗，不会是去年那双吧？"

我的卡布奇诺喝不下去了，虽然这种腔调早已司空见惯，但还是分分钟有友尽的感觉啊！"对了，你不是一直想去吴哥窟吗？下个月有个团过去，我把咱俩的名字都报上去了。"沈佳轻描淡写的语气，就跟报名团购了一次自助餐似的。

"你好歹提前和我说一声吧？"我霍地站起来。沈佳意外而无辜："现在说还不够提前的吗？下个月才动身。"我气结，半晌才颓然坐回圆形藤椅里，悲凉地说："真理果然掌握在大部分人手中，沈佳，或者咱们真的不适合做朋友。"沈佳一点儿也没意识到伤害了我的自尊心，反倒来了兴致，厚颜无耻地让我说说原因。

我和沈佳从初中开始就形影不离，很多人对我们的友谊感到无法理解。她家境殷实，父母都是公务员，这在十几年前的小县城是相当有优越感的；沈佳人又漂亮，肤白貌美，腿比大部分女生都长出一截。和沈佳在一起，除了学习成绩能通过自身努力与她持平，其他方面我基本就起个陪衬作用。后来大学毕业，我开始为生计奔波，她则跑去国外，念了个烧钱的心理学专业。

一晃几年过去，沈佳回国了，这时心理医生在国内已经成为炙手可热的行业。我们之间的落差越来越大，最直接表现在消费层次上。一开始我心态摆得蛮正，毕竟心理医生是高收入行业，岂止站着把钱挣了，沈佳坐着聊着天就把钱挣了！我一苦逼自由撰稿人，拿什么和她比？我用强大的心理调节能力接受了这个现实，只是两人身处不同的阶层，交集的部分就会越来越少，偶尔逛个街喝个咖啡，基本上从头到尾就是她在海人不倦地教我过有品质的生活。

我一发不可收拾，巴拉巴拉狂吐槽，最后掷地有声地说："难道就你有品味？有钱的话，我不会过有品质的生活？""你现在的收入也算稳定，买几件好点的衣服、几支贵点的口红并不会破产，你为什么还要过节衣缩食的生活？"沈佳用手指指我的钱包，一脸人畜无害的无辜表情，"我知道你一直想去吴哥窟采风，我也知道你卡里有一笔足够的钱可以随时去，你为什么迟迟不去？"

我一口老血差点喷出来："那是我应急的钱！我跑出去一趟花个精光，万一出了什么事临时用钱怎么办？"沈佳这时气定神闲地端起咖啡喝了一口，用非常专业的口吻说："你这是病，得治。"我差点跳起来，沈佳让我稍安勿躁，然后讲起一件很多年前的事。

沈佳的爸爸年轻时当过兵，复员后回到县城参加工作，顺利地娶妻生女，几年后还存了五万块钱。当时正是南下热潮，一个战友来找他，提出合伙到深圳做生意。沈佳的爸爸和妈妈商量了一下，两人都觉得拿出这笔钱入伙太冒险了，万一赔了就血本无归，还不如细水长流慢慢攒钱牢靠。那个战友说不动他，自己的钱又不够，就找亲戚朋友借了一圈，自己一个人去了深圳。那个战友在深圳如何创业如何拼搏暂且不表，总之前几年他回来了，是真正意义上的荣归故里。

"那时候咱们还在读高中，有一天我回家，发现家里来了客人，正是当年来找爸爸南下的那位叔叔。"沈佳说起那位叔叔在深圳的经历，头几年没找到好机会，辛辛苦苦才赚了二十万。后来有个浙江人建了个小厂，找他入股投资，当时他很犹豫。二十万在当时也是相当可观的了，如果拿着这二十万回乡，也算衣锦还乡了。如果投资失败，这几年的辛苦就白白付诸东流。他考虑了很久，最后心一横选择了入股投资。再后来生意越做越大，路子也越走越宽，比起当初的二十万，他的资产已经不知道翻了多少倍了。

我听得很入神，试探地问："所以他走后，你爸爸妈妈都后悔了？"沈佳笑了笑，说："不，他们相信人各有命，就算当初爸爸也南下去了深圳，也不见得就一定能发大财。而且，之后爸爸很少和那位战友来往了，安心过自己的生活。"我表示很欣赏这种良好的心态，沈佳忽然正色说："这不是什么良好心态，只是穷人给自己设置的自我保护屏障。因为穷，所以甘于自己现有的生活，强迫自己对有钱人的生活不羡慕不嫉妒，极端的甚至还会为此疏远经济优越的亲友。"

我一愣，我自己不就是这样吗？向往沈佳的生活水准，经济能力有限就"调整"心态，刚才甚至还打算和她分道扬镳。"我一直记得那位叔叔当时说的话，他说赔了大不了再干几年挣回来，赚了就不用再回到祖祖辈辈生活的狭小圈子，怎么算都值得！"沈佳认真地说，"我听了以后很受触动，这也是我大学毕业后执意出国的原因。"

沈佳说后来在读心理学时，教授讲过一个实验，将一群小鸟从出生就圈在不同的领域生活，中间用透明网隔开，小鸟一开始会撞在网上，后来慢慢适应习惯，飞到透明网的附近就不再靠近了。最后把所有的透明网都拿开，那些小鸟居然还在各自的领域飞翔，没有一只越过界限的。

"这就是固定思维形成的壁垒，我说这是病一点儿也不夸张，自我假设阻力本身就是一种心理障碍。要想打破这个壁垒，只有自己冒着头破血流的风险去撞一次，心理学上称作行为实验。"沈佳非常感慨，"当年那位叔叔就是用这样的行为冲破了自己的壁垒，但并不是所有人都有这个意识和勇气，这也是大部分人终其一生都无法跳出父辈生活阶层的原因。"

我非常震撼，原来穷不止是一种状态，还是一种病啊！

"补充一点，我爸妈多年'细水长流'的积攒根本无力支付我的留学费用。"沈佳抿唇一笑，"你们以为我在国外游学潇洒惬意，其实我课余一直兼两三份工作，口袋里的钱常常只够一个星期的伙食费。所以，如果去吴哥窟对你写文有帮助，你应该义无反顾地去，而不是捂住这笔钱，等着为假设会发生的情况应急。"

那天我和沈佳聊了两个多小时，有种醍醐灌顶的顿悟，最后她戏言再聊下去就要计时收费了。一个月后，我们如约去了吴哥窟。当我站在遥想了多年的建筑之前时，忽然安宁踏实下来，就算此行一个字也写不出，也已经不虚此行。

事实上我当然写了出来，而且是一篇大稿。稿酬不但足以支付此行的费用，还略剩了些，此外我还打算把自己的感触写下来，分享给更多的人。你还打算心安理得地一直穷下去吗？穷是一种病，不要拖成无药可治的顽疾。

你愿意和生活握手言和，它却要你俯首称臣

最近网上有一种反励志反鸡汤的声音，大有愈演愈烈之势。一开始大约是有人励志文看多了吐吐槽，也不排除喝到了清水加鸡精勾兑的伪鸡汤，从而给出差评，但更多的人显然是为自己偷懒找到了借口。好逸恶劳是人的本性，打打游戏聊聊天当然比加班舒服多了。

然而正如一位哲学家说的，你可以像猪一样生活，却不可能像猪一样心安理得。反鸡汤言论的出现，刚好为他们提供了理论支持。有个女性好友看完后，就专程艾特我："你不要再那么拼啦，干吗跟自己过不去？要学会安享平淡，和生活握手言和。"对此，我只想说两个字：呵呵。

我一位伯伯年轻时在棉纺厂上班，每天穿着工作服在轰鸣的机器中穿梭。后来因为粉笔字写得好，被抽调到厂里的宣传部，生活一下

变得云淡风轻起来。当时和他一起工作的还有一个年轻人，姓张，读书时熬坏了眼睛，整天戴着一副高度近视眼镜，老实得几近木讷。我伯伯刚好相反，他爱说爱笑，长相又出众，一起出黑板报，或者发放各种宣传文件时，风头总是他的。我伯母就是在那时候看上他的，多年后伯伯回忆时还在感叹，说那是他的流金岁月。

我伯伯和小张共事了好几年，从普通同事逐渐成为私交很不错的朋友。时间一晃到了九十年代，那时候计算机刚开始推广应用于日常办公，他们棉纺厂引进了三台，其中有一台就分在我伯伯所在的办公室。厂里没有组织培训，售货方免费提供了一本《计算机快速自学要领》，还有一张操作示范光盘，大家就以此为教材自学。

那时候的输入法还没有零门槛高效率的智能拼音，不要说别的操作知识，光是背五笔字根这一道坎就把很多人难住了。我伯伯背了几天，没坚持下来。小张则一头扎了进去，连去食堂打饭时嘴里都念念有词，快要走火入魔了一样。过了一段时间，大家的热情慢慢减退，大多不了了之，只有极少数一部分人掌握了电脑操作，小张就是其中之一。从那天开始，凡是涉及电脑操作的工作，都是由小张一手负责。

大约一年以后，小张升职了，虽然官职低微，只能管我伯伯一个人。我伯伯当时很受刺激，因为以前的风光再也不会有了。好在小张为人谦和，虽然升了职，对他还是一如既往地尊重客气，这让我伯伯的失落得以稍稍缓解。当时我伯伯已经结婚了，并且有了第一个女儿，小日子忙乱却也快活。他慢慢接受了这个现实，有时甚至觉得也没什么不好的，大部分人的生活不都这样吗？

时间一晃到了1998年，国企开始大规模裁员，我伯伯下岗了。那是一段漫长的人心惶惶的日子，下岗的人都在到处寻找新的工作，我伯伯寂寥落魄的身影就是其中一个。那年他在水泥厂找了份临时工，怕邻居看见他灰头土脸的样子，总是磨蹭到天黑才回家。后来他还在建筑工地、搬家公司干过，直到前几年东拼西借凑钱开了个卖建材的店面，日子才稳定下来。

去年春节时，我去给伯伯拜年，伯伯正送一位客人出门。那人衣着考究、戴着定制精工眼镜，客气地让伯伯留步，正是当年的小张。在那次下岗潮中，小张凭借自己扎实的业务站稳了脚跟，后来一步步升到副厂长的位置，再后来企业重组，他直接受聘一家私有企业、出任总经理，身价早已今非昔比了。

"其实那时候我要是咬咬牙，把计算机那块硬骨头啃下来，一切都可能会不同吧？"伯伯语气里有些伤感，他很清楚地知道，从那次学习计算机开始，他们的距离就已经拉开了。他原本想放过自己，活得轻松点，却没想到付出的是多出十倍百倍的辛劳。

后来在厨房帮忙时，伯母说了一句话，让我不禁动容。她说伯伯当年意气风发，眼睛里像有精光在闪烁，在后来的这些年她再也没有看到过。那天我忽然发现自己词汇量实在有限，我既无法安慰伯伯，也无法安慰伯母。

你觉得目前的生活还行，凑合一下也过得去，你不想再战斗再折腾，愿意和生活握手言和，那么生活愿意吗？如果在可以预见的将来你需要一笔钱，比如房贷，比如孩子的教育经费，再比如妥善安置父母的开销，你是选择现在未雨绸缪，还是事到临头焦头烂额？

面对一匹怒奔的烈马，如果不能驾驭掌控它，就注定被它拖得跟跟跄跄，狼狈不堪。生活从来不给我们相安无事的机会，你此刻怠慢它，不久的将来就会被它狠狠扇个嘴巴。它要的不是握手言和，而是你的俯首称臣。

你想当富二代，你的孩子也是这么想的

　　大勇的儿子叫小勇，今年五岁，小家伙古灵精怪，我们一帮朋友都很喜欢他。有一次大勇的妻子加班，大勇和我们吃饭时就把他带了过来。在座的叔叔"姐姐"们轮流逗他，有个叔叔就问他有什么理想。小勇问："理想是什么意思？"

　　"理想就是你长大后最想做的事。"问话的叔叔回答。小勇听完认真地思索了一会儿，十分肯定地回答："我的理想是当富二代！"大家听了一愣，顿时哄然大笑，大勇显得有些尴尬。"你为什么想当富二代呢？"那个叔叔的追加提问开始了。

　　这次小勇答得流利而爽快："因为于璐璐就是富二代，于璐璐是我们幼儿园最漂亮的女孩子，我很喜欢她。可是马上就要放暑假了，她要去美国迪士尼玩，如果我也是富二代，我就可以和她一起去了……"这一次，在场的几个叔叔都没有笑出来，尤其是大勇。我留

心观察他，发现大勇眼底浮现一丝多年不见的纠结伤感。

暗恋穿白裙子背着小提琴的女孩儿却自惭形秽不敢表白，大学在外租房同居毕业却迫于现实压力分手的苦命鸳鸯，在丈母娘的"督促"下买房至今背着贷款的房奴们……谁的青春没有遗憾？小勇的回答勾起了他们不同版本却殊途同归的隐痛，而如果自己是富二代，一切都有机会改写吧？

那天饭局的后半部分，气氛就有些沉重，大家的话题围绕着出身、阶层、个人努力等等展开讨论，间或夹杂着叹息声。大勇情绪波动最大，喝了不少酒，我们都心知肚明为了什么。大勇那时候有个女朋友，人很漂亮，又是局长千金，当时几个关系好的哥们都很羡慕他。后来局长知道了女儿和他的恋情，以雷霆之势棒打鸳鸯，大勇就屁滚尿流地败下阵来。

大勇出身工薪家庭，属于饿不死也撑不着的类型。在这个爱情故事里，并没有穷小子为了初恋奋发图强努力拼搏走上人生巅峰的励志故事。除了狼哭鬼嚎地唱了几天"一开始我相信伟大的是爱情，最后我看清强悍的是命运"，大勇连任何实际的挣扎都没有。他很快就找了一个门当会对的女孩儿，就是现在的妻子。

"人和人一出生就不一样，不是一拨的凑不到一块。婚姻是应该门当户对，按我妈的话说，真和局长成了亲家，凑一块吃饭人家出螃蟹你出醋都出不起……"大勇认命地说。我不敢苟同，闲闲地说："如果当时你拼一把做出个样子来，也许事情会有不同吧？"

"能有什么不同？青蛙能变成王子，那是因为他中诅咒前本身就是王子。丑小鸭能变成白天鹅，那是因为它爹妈本来就是白天鹅，这和它的个人努力有一毛钱的关系吗？你让一只本地土鸭变个试试？再怎么努力，最后也不过是变成烤鸭！"大勇这些年活得挺豁达通透，"我不怪淼淼，一个女孩子哪能拗得过父母？要怪就怪我自己没出生在一个能和她门当户对的家庭，要不怎么说投胎是个技术活呢？"

淼淼就是那个局长家的千金，大勇的初恋情人，她后来定居外地，就很少回来了。他不怪淼淼，淼淼未必不怪他。大勇并不知道，两年前我出差时曾意外遇到过淼淼。

淼淼就职的是一家文化传媒公司，我们是在活动现场遇到的。我印象中最后一次见到淼淼，是她哭得上气不接下气被爸妈拖走的模样，现在的她妆容精致、从容优雅。淼淼说她工作的文化公司就是她自己家的。

淼淼他乡遇故知，自然要请一请我的。我预感她会有很多话对我说，这么多年她封存心底闭口不谈的旧事总要有一个突破口，我就是打开她那段记忆的密码。果然，我们寒暄了几句，淼淼就突然说："你知道吗？如果当时大勇没有那么快就放弃，我们还是有机会的。"

我不明白她的意思，问："当年叔叔态度强硬粗暴，未必是在试大勇的决心吧？""那倒不是，不过我爸再怎么样，他也是要顾及到我的。如果大勇当时勇敢地站出来，做出成绩给他看，我爸未必就一定不准。"淼淼深信不疑地说。见我依旧持怀疑态度，淼淼有点不好意思，想了想说："我现在的先生出身也不好，老家是河北农村的。"

淼淼说她先生姓许，我这才一惊，参与这次活动的老总只有一个姓许，那是一家实力很强的文化公司。

当时淼淼和大勇分手后，只身去了北京，两人就是那时认识的。许先生对淼淼一见钟情，虽然他当时一文不名，可是敢打敢拼，很得淼淼的好感。当时淼淼一来正是感情空窗期，再则心里有和父母对着干的逆反心理，就把许先生带回了家。这下差点把她局长爸爸气死，赶走一个屌丝又来一个草根，他闺女的审美咋就那么独特呢？

许先生当时的反应和大勇截然相反，不管淼淼的父亲如何赶他，他还是一次次执着地带着礼品上门。三年时间，东西被扔出来十几次，许先生不曾气馁，他坚信自己有能力让淼淼过上她爸爸想让她过的幸福生活。后来许先生的事业渐渐有了起色，再去的时候局长大人就当他是空气，不欢迎但也不那么抗拒了。

"我们结婚的时候还是买不起房子，我爸也认了。现在他事业做得风生水起，每次我们回去，我爸都要泡上等的碧螺春和他谈心呢！"淼淼神情显得遥远而复杂，"我一直不明白，当时大勇为什么不能像他一样全力以赴拼一次呢？成功了皆大欢喜，失败了情形也不会更坏，他连努力一次都没有就放弃了我。有时候我有些恍惚，你说大勇那时候真的爱过我吗？"

我的回答是大勇是爱过她的，他的怯弱退缩，源于家庭环境乃至整个阶层对他根深蒂固的影响。我们身边有不少这样的人，他们出身大多不好，占有的社会资源非常有限。他们既羡富又仇富，一边在网上骂富二代官二代，一边又憧憬有钱人的生活，但是从来不思改变。

两千多年前，有一帮倒霉的农民工换工地时因为大雨延误了报到，之前的工钱结不了不说，还涉嫌违规霸王条款要坐牢。有个叫陈胜的人就不干了，大呼"王侯将相宁有种乎？"翻译成今天的语言就是，你当老板就是天生的贵种吗？都是两个肩膀扛个脑袋，你能干成的事我也能干成！

两千年前古人都有的觉悟，大勇们却没有。

　　我和淼淼见面的事，以前我没打算和大勇说。既然已经尘埃落定，各自都有自己的生活，说了也不过徒增烦恼。不过，今天我想应该和他说说道了。饭局散场之后，我提出请小勇去餐厅楼上的儿童城堡玩。在家长等候区，我将两年前和淼淼见面的事说了出来。

　　大勇听完后显得意外而惊异，眼底慢慢浮现出一种懊悔无奈的神情，嘴唇都在轻微发抖。在淼淼的生命中，他出演了前半场穷小子爱上官家闺秀的戏码，后半场金榜题名洞房花烛却由别人来完成，这种冲击对于大勇来说足以刺激他麻痹多年的神经。

　　"淼淼一定认为我是一个无能的人吧？"大勇嘴唇嗫动几下，终于开口问。我没有回答，他自己都知道的答案是不需要再回答的。

　　"她是对的，是我根本没有做出任何努力就放弃了她。我一边不甘心自己的生活，一边又苟且偷安得过且过，我不配淼淼记得我。"大勇拼命盯着天花板上的吊灯，才忍住没让眼泪流下来。那不仅是对错过纯美爱情的遗憾，也是对自己人生不战而败感到懊悔耻辱。

　　这时，在儿童城堡里翻滚跳跃的小勇大声叫爸爸，打断了我们的谈话。我为了调剂气氛，开玩笑地说："你猜以后小勇能追上于璐璐吗？"大勇白我一眼："不往伤口上撒盐，你会死是不是？"

　　我风度欠佳地笑起来，大勇过了一会儿说："现在也不晚，没有什么是不能改变的。我现在不辛苦，小勇以后走的还是我的老路。就算三代出贵族，也得我先跨出去第一步不是？"

　　我为大勇的转变点32个赞，好逸恶劳贪图享受是人类身体的本能反应，我们都想当享受现成资源的富二代，我们的孩子也是这么想的。要想改变后代的历史，拼搏总要从某一代开始。

　　如果已经没有机会做王思聪了，那你就做王健林吧！

趋利避害是本能，迎难而上是本事

你一定还记得我那位师兄，毕业于动物科学专业精通周易八卦现在开情感专栏的那个，对，长得很帅。可是人无完人，我师兄最大的缺点是不会做饭。上个星期女朋友出差了，他煮碗馄饨都能把自己烫伤，两只手裹着厚厚的纱布跟熊掌似的，据说差点就残疾了。于是我只好在忙得蓬头垢面的同时，还得抽空帮他回复专栏。

本着对读者负责的态度，每一条回复都是师兄口述，我打字输入。干了半天活，处理的都是痴男怨女的无病呻吟，心好累。师兄见我有消极怠工的迹象，赶紧下楼去买哈根达斯，我就是在这时看到了网友"沉默是金"发来的消息。

"沉默是金"本名韩冬，在一家外贸公司做助理，收入和外形都属于中上，遗憾的是有个致命bug——口吃。据韩冬回忆，他十岁以前很少见到父母，那时他们工作忙，就把韩冬寄养在农村外婆家。外婆是个观念守旧沉默寡言的老人，韩冬开口说话的机会也少，经常一天还说不上几句话。

后来被父母接回城里读书，韩冬第一次发言时，全班的同学都被他的"乡音"逗得哄堂大笑。韩冬当时无地自容，以后再说话时就格外小心。哪知道越小心越紧张，就是在那个时候，韩冬开始出现了口吃症状。父母发现后，着意帮他纠正过，但是直到现在也没痊愈，一紧张说话就会结巴。

韩冬说上帝虽然给他关了这扇门，好在给他开了另一扇窗——他的文章写得极其出色。每次交给总经理的文案不但专业性强，文采也大受称赞。前几天公司开会，总经理要他讲解一个策划案，韩冬一紧张就又结巴了。

当时整个会议室的人都绷不住在笑，就像他小时候在学校的经历一样。韩冬窘迫不已，这时他发现只有一个女孩儿没笑，而且还温暖坚定地看着他，用脉脉目光传达给他力量。韩冬以前谈过几次恋爱，都是因为自己口吃分的手，此时的温暖更是格外珍贵。

"那个女孩儿叫悦悦，在平时的接触中，我也能十分明确地感受到她对我的好感。我想追求她，可是每次一和她说话我就紧张，一紧张就没法好好说话，请问我怎么才能追到她？"韩冬急切地问。

我看完深感责任重大，问："你知道一男一女交往，为什么叫谈恋爱吗？"沉默是金："当然知道，你是说语言交流的重要性吗？""不是，不是，'谈恋爱'最初可不是这么来的。"我调整一个舒服的坐姿，因为话要从西汉时期说起，很长。

西汉时期的司马相如大名鼎鼎，才华超群，为汉赋四大家之首。他不但文章写得好，琴弹得也相当不错，自己又能填词，又能作曲，属于全能型人才。只是粉丝们都不知道司马同学从小就有口吃的毛病，平时全靠玩深沉隐藏着。

有次司马相如去看望一位在临邛当县长的朋友，得知当地首富卓王孙的女儿新寡在家，貌美，善琴艺，就是当时才名远播的卓文君。司马相如倾慕已久，苦不得方法，天天在卓王孙家门口徘徊张望。

县长朋友不解："你是大才子呀，颜值又这么高，直接上门表白不就得了？"司马相如正色说："不行，我口吃，第一印象很重要，文君嫌弃我怎么办？"县长朋友一寻思，这事我得管呀！于是安排了个饭局，司马相如得以登堂入室，到首富家里做客了。

醉翁之意不在酒，相如之意不在饭。饭局进行到一半时，县长朋友提出由司马相如弹奏一曲，首富当然附和捧场。我们的司马同学有备而来，从容弹奏了一曲名传千古的《凤求凰》："凤兮凤兮归故乡，遨游四海求其凰。时未遇兮无所将，何悟今兮升斯堂！有艳淑女在闺房，室迩人遐毒我肠。何缘交颈为鸳鸯……"这样的表白即使在今天，也算是大胆火辣的。同样久慕司马同学的卓文君在后堂听到，岂能淡定？于是夜奔相如，成就了一段美好姻缘，第二天就上了西汉头条。

韩冬大为敬佩："老师，你学识真是渊博！"我得意洋洋："后人提起司马相如，除了他的文学成就，'琴挑文君'也一直为人津津乐道。口吃不善言辞原本是司马同学的短板，可他用弹琴表白，反而别出心裁一举成功，可见恋爱并非只有唠嗑一条道……"

"原谅我孤陋寡闻，今天才知道'谈恋爱'是这么来的……"师兄不知什么时候回来的，脖子上挂着哈根达斯，一脸黑线地站在我身后。我急忙取下哈根达斯，一边吃一边邀功："师兄，我用司马相如的榜样力量感召他，启迪他，你看怎么样？""不怎么样，"师兄翻个白眼，"相如口吃而善著书，这个韩冬特长也是写文章，你觉得是什么原因？"

我眨巴眨巴眼睛："语言表达受限，转而向文字表达下功夫啊！韩冬自己不也说了吗，上帝向他关了一扇门，但同时也打开了一扇窗。""那扇窗不是上帝打开的，是他自己打开的。"师兄义正言辞地说，"现在不是西汉了，跟着皇帝打猎作赋就能安身立命，弹个琴就能抱得美人归。口吃已经严重影响到了他的生活。你用琴挑的典故会误导他，让他以为条条大路通罗马，从而趋利避害，扬长避短。"

我吃一惊："难道趋利避害、扬长避短不对吗？"

师兄让我从头再看韩冬的提问，他从小被口吃困扰，这次也是在公司开会被嘲笑时"意外"发现悦悦"可能"喜欢他。抛开悦悦对他到底有没有那个意思不说，韩冬对悦悦的感情也有被感动被认同的成分。看似寻常的情感求助，其实隐藏的是影响韩冬生活和事业的重大问题，口吃才是关键所在。

师兄说口吃带给一个人最大的影响不仅仅是交流上的障碍，而是由此引发的悲观情绪。口吃患者大多敏感不自信，意志消沉，孤独自适，逃避语言交流，严重的还会形成抑郁症。

值得庆幸的是，人体自我保护机制是非常强大的，在潜意识里就促使我们规避风险，向有利的一面靠拢。大多数人面对困境，一扇门刚刚关上，大脑就会提醒你快点打开另一扇窗。失明的人耳朵比常人灵敏，口吃者更擅长文字交流都是这个原因。但是，凡事都有两面性，这种趋利避害的本能也使我们丧失了很多真正解决困难的契机。

"从韩冬的描述中可以看出，他的工作能力是很得上司赏识的，而且也得到了表现的机会，但他并没能把握住。从感情方面来说，他有过数次失败的恋爱经历，如果不能克服口吃的障碍，他的自信心就永远不可能恢复，你见过几个自卑的人能收获幸福？"师兄神情凝重地说，"帮人就要从根本上解决问题，他现在需要纠正口吃的专业方法和必胜信念，不然别说琴挑，单挑都没用。"

我态度诚恳地说："师兄，我错了。我一直以为你开这个情感专栏，都是忽悠少不更事的痴男怨女的。没想到除了感情问题，你还要跨领域地学习各种知识，你真不容易啊！"师兄再一次迷失在我的花言巧语之中，态度果然缓和不少。

在师兄的口述下，我十指如飞敲击键盘，与"沉默是金"韩冬进行了一场深入灵魂的谈话。从各个角度论证后，建议他先攻克口吃，再攻克悦悦美女。韩冬明显有些底气不足："这些年我也试着纠正过，平时只要语速慢些就不怎么结巴了，可是一到公开场合就不行。"感谢师兄的博学广知，我也有幸学习了一下口吃哥——兰巧的成功经验。

兰巧这个名字温柔美丽，本人却是一个来自湖南的大小伙子。他小时候就有口吃症状，一开始也和其他口吃患者一样自卑，怕说话。上了大学以后，兰巧意识到自己不能再这样下去了，难道因为口吃就一辈子回避说话？

　　兰巧开始纠正练习，对于容易卡壳的字音，他放慢语速一遍遍练习。为了彻底克服紧张带来的结巴，兰巧决定豁出去，他选择了在公交车上演讲！第一次演讲，兰巧只流畅进行了两分钟就卡壳了，他在乘客们面前憋得面红耳赤。这时，意想不到的情况发生了，全车乘客居然给他鼓起掌来。兰巧眼眶一下湿润了，乘客们善意的鼓舞打开了他的心结，兰巧坚持完成了接下来的演讲。

　　在这种近乎自虐式的锻炼下，兰巧战胜了自己，成功克服了口吃障碍。兰巧发现网上有很多口吃患者抱团取暖，互相称为"吃友"，他就和大家一起分享自己的经历和纠正方法，希望能帮助更多有需要的人。

　　"做人有时是要有点豁出去的劲头的，就像兰巧说的，难道口吃就一辈子回避说话？口吃并不是无法治愈的顽疾，你去咨询专业的口吃纠正机构，然后拿出兰巧迎难而上的精神，一定可以摆脱纠缠你多年的阴影。到时候，你不用因为害怕说话把约会局限于电影院，你可以带喜欢的女孩儿唱歌聊天，求婚的时候都不再担心会结巴！"师兄善于攻心，韩冬的斗志果然被鼓舞起来。

　　"趋利避害是本能，迎难而上是本事。"师兄最后总结的这两句话发人深省，适用于陷入各种困境的人们。到了此刻，我对师兄的看法才从内心里产生真正的认同。

CHAPTER 7
生活是一棵长满可能性的树

活成大片还是烂片？

你的人生当然你来做主。

活成大片还是烂片，你的人生你做主

　　陶桃咖啡馆有个兼职的小妹叫宋小词，长得腰细腿长美目清澈，很有几分姿色，且志向远大，从小就立志要当大明星。她"正职"是当群演，有段时间接的角色是个人肉背景小宫女，经常拍摄一结束来不及卸妆就跑来上班。

　　摩登时尚的咖啡馆出现穿越而来的清朝小宫女，这绝对是一景啊！偶尔有客人问你是演员啊，要求合影，宋小词就很兴奋地提前体验一把当大牌的感觉。我个人比较好奇，像她这种情况的女孩儿兼职一般都利用自身优势，选择当平面模特车模之类的，宋小词怎么会到咖啡馆做苦力呢？

"因为真爱。"陶桃努努嘴，我顺着她的视线看去，只见忙里偷闲的宋小词正在咖啡师小罗身边腻歪。我肃然起敬，原来是一对打拼中的小情侣。对于能抵抗诱惑，坚守真爱的年轻人，我们总是格外敬重的。为此，陶桃还把自己闲置的一间房子免费借给他们住。小罗投桃报李，咖啡做得越发好了。

然而好景不长，前几天陶桃忽然火急火燎地打来电话："小词出事了，哭得要死要活的，小罗怕她想不开，寸步不离守着她两天了，我咖啡馆怎么办呀？"我吃一惊，关注的重点明显偏了："她被潜规则了？"陶桃切一声："潜规则多大个事儿啊，她毁容了！"我大吃一惊："啊，怎么回事？"

陶桃说有个剧组选女一号身边的丫鬟，镜头多，有台词，这种角色是很有前途的，看看"金锁"范冰冰就知道了。只是这个丫鬟是小姐游历异域番邦时解救回来的，肤色上有特殊要求，需要演员人工晒成"散发着野性光泽的深棕色"。这牺牲太大了，大部分试镜的女孩儿都打了退堂鼓，只有宋小词勇敢地挺身而上。大不了拍完再拼命美白回来，宋小词决定完成事业上的第一跳。

"悲催的是，第一跳就崴了脚。小词去的那家美黑中心的仪器出了问题，色差重了不知道多少度，反正现在她活脱脱就是土生土长的非洲小妞了。"陶桃同情地说，唏嘘感慨了一会儿才想起自己打电话的初衷，"哎，我主要米问问我咖啡馆怎么办？你不是认识一个开西餐厅的朋友吗？可不可以借个人帮我两天？"

"借人治标不治本，我有更好的办法！"陶桃是生死之交，帮忙就不必说了，跟宋小词一起吃过几次饭，好歹也算酒肉朋友，于情于理这事我得管，于是约了陶桃一起去看这对患难鸳鸯。到了之后我才发现，陶桃所言不虚，曾经肤如凝脂的宋小词，现在不化妆都能演女版包拯，扔到煤堆里绝对扒拉不出来啊！

我们了解了一下，小罗说事情已经解决得差不多了。美黑中心是剧组联系的，剧组和美黑中心都有责任，已经给了经济补偿。剧组为了表达诚意，还专门修改了剧本，让原本在新疆一带游历的古代小姐，愣是跑到非洲把宋小词饰演的丫鬟从奴隶主手里解救了出来。我听了大为感动，这种逆天的设定改动是多大的牺牲啊，诚意绝对是满满的。

"所以，接下来不是该干啥干啥吗？小罗回去上班，小词去拍戏，怎么还在这磨叽？"陶桃不解地问。"小词反悔了，她嫌自己现在丑，不拍了。"小罗为难地说。陶桃眼睛一瞪："说不拍就不拍？自己接的戏，含着泪也要拍完！"宋小词"哇"一声"哭起来："医生说就算用最好的药，我肤色也不可能恢复到以前了，我的前途全完了！他们改剧本设定有什么用？我的人生设定都被修改了！"

考验真爱的时候到了，小罗搂着宋小词声泪俱下地承诺："小词，无论你变成什么样，我都永远不会离开你的！"陶桃也心有戚戚焉，不出声了：任何一个女孩子遇上这种事都无法接受，何况宋小词的职业是演员？可是我们不是来伤感的，我只好做一回自己讨厌的那种人——你感冒算什么，那谁谁还生癌了呢！

"你的人生设定被修改成非洲友人算什么，人家27岁大帅哥还被修改成失去双臂的准乞丐了呢，不照样活成超人！"我鄙视地说。

有人认为深陷不幸的人是没有精力关注别人的不幸的，其实非也。有共同悲惨经历的人更容易抱团取暖，互相汲取力量，同时还有一种"不是只有我惨"的黑暗心理，所以各种病友协会遍地开花。宋小词果然不哭了，问："那人是出意外了吗？他怎么活成超人的？"

事实正如宋小词所猜想的那样，此人就是家住吉林市永吉县口前镇官马村的孙吉发。孙吉发是退伍军人，妻子贤惠孩子懂事，家里还承包着一池鱼塘，生活算得上美满幸福。孙吉发小时候就是和莱特兄弟同款的小朋友，喜欢鼓捣小发明，在部队时又迷上了爆破。静极思动，有天孙吉发决定自己做个起爆器去炸鱼，命运就在这里改变了轨迹。

孙吉发做的起爆器有定时引爆功能，到了时间并没起爆，在他拆除装置时却突然发生爆炸。孙吉发还没来得及做出反应，整个人已经被掀倒在地，晕了过去。再次醒来时，孙吉发已经躺在了医院里，双手及小手臂都被炸得惨不忍睹。伤势实在太严重了，虽然医生全力治疗，最后还是没能逃脱截肢的命运。

那一年，孙吉发年仅二十七岁，曾经健壮有力的两条手臂只剩下肘部以上的部分。吃饭穿衣，刷牙洗脸，孙吉发都要靠家人照顾，甚至上厕所也得妻子帮他解裤子系裤子。"在外人看来，孙吉发已经是个废人了，大概后半生只能做一名职业乞丐了。如果你们是孙吉发，你们会怎么样？"我问。

陶桃脱口而出："如果是我，我情愿跳楼，免得拖累家人！"我忧伤地看着她，她是在友情提醒宋小词接下来该干啥吗？

陶桃很快意识到自己的失言，尴尬地笑了两声。宋小词这时已经完全沉浸在孙吉发的不幸里，庄重地说："换了别人也许会，但孙吉发不会。他当过兵，军人有钢铁般的意志，他不会这么容易被打倒的！""小词说得对！"我赞赏地说。

孙吉发经过短暂的伤心低落以后，很快重新鼓舞起斗志，没有手他也要过上和别人一样的生活。在那个时候，一副假肢是非常昂贵的，孙吉发无力负担，就开始自己打造一副假肢。孙吉发用铁皮、塑料和胶皮做原料，经过几个月的反复实践，终于做出了第一双"手"。他把勺子固定在铁臂上，终于能自己吃饭了！

孙吉发备受鼓舞，既然能固定勺子，那么也能固定其他东西，借助铁臂他不但能照顾自己，还能帮妻子分担家务呢！孙吉发让妻子买来有关机械原理的书籍，埋头投入到新的研究中去。

孙吉发的第二代铁手，有了突破性的进展。他发现铁手可以通过内置线缆和皮带，用手肘运动带动假手实现抓握功能，就利用铁管焊接成手指。同时在铁手内侧制成铁钩，在腕部装上可拆卸的铁套，这样就能自由更换工具了。看过《百变星君》的朋友，一定对周星驰的手一会儿变铲子一会儿变水龙头的情节印象深刻。孙吉发此时就如同百变星君，大到铁锹，小到螺丝刀，都能灵活运用，他凭着自己的努力又"长出"一双全新的手来。

孙吉发的铁手升级到第四代时，手指能灵活运用，打电话操作电脑都能娴熟自如，和正常人根本没有分别。他不光改进自己的铁手，还帮有同样需要的残疾人，这些年来陆陆续续帮一千多人量身订制了铁手。孙吉发的事迹渐渐为人熟知，通过《鲁豫有约》和《中国达人秀》等栏目，更多的人被他的精神感染、鼓舞，大家亲切地称他为"铁臂超人"！

"如果孙吉发当时一蹶不振，他也许会成为一名很优秀的乞丐——真正的残疾总是令人怜悯的，可是这个世界上就不会有现在的铁臂超人了！"我加重语气对宋小词说，"你的肤色要想即刻恢复如初，恐怕只能在美颜相机里实现了，这是必须接受的现实。治疗是个缓慢的过程，与其自暴自弃，还不如好好拍完这部戏。孙吉发两只手都没了，还能把悲情片活成励志片，你不过就是黑了点，就打算把自己的人生活成烂片？"

宋小词听完陷入了沉思，显然这番话起到了作用。自我调整需要一定的时间，以及身边人的鼓励和陪伴，当天我和陶桃没催小罗去上班，坐了一会儿就告辞了。令人欣慰的是，小罗第二天就来上班了，他说宋小词一大早就去了片场。

后来我辗转找到一个学医的女孩儿，她外公是当地有名的老中医。他给宋小词诊断过以后，在一张古方里又加了两味药，宋小词吃了半年后居然好得差不多了。这就是峰回路转，人生没有真正的绝境。

生活中经常听到人生如戏的说法，那么出身背景、人脉关系、个人能力都是我们的人物设定，只是这设定从来没有"定稿"一说。命运的大手总是在某个时刻猝不及防地将我们推个踉跄，甚至摔个狗啃地。更改设定并不要紧，毕竟唯一主演还是我们自己。活成大片还是烂片，你的人生你做主。

不想被命运嘲笑的你，只能拼命改变自己

大概因为我兼具诚恳善良、口风紧、浑身充满正能量等美好品质，身边亲戚朋友找我谈心的特别多，以至我一度有开个知心大姐信箱的打算。后来打消这个念头，是因为我发现了自己"暗黑"的一面。这些人"谈心"基本就是吐槽，神奇的是出发点从工作到生活的各个层面各个角度，可谓五花八门推陈出新，但最后总能万流归宗，以一句"唉，命运真是不公平啊"的感慨来结尾。

这些人里面，至少有一半以上是无病呻吟：没生在首富家里给王思聪当弟弟妹妹，命运不公平；一起进公司的同事升职了自己没升，命运不公平；网购买的衣服不合身——明明是按照卖家给的尺寸参考买的，命运不公平；最近的槽点集中在开放二胎上，自己是独生子女

打小孤苦伶仃，好不容易长大了却被要求生两个，这物价这生存压力，天啊，命运太不公平了……

每到此时，我就控制不住体内的洪荒之力：没生在首富家里，关键原因是你妈妈年轻时不认识王健林啊！升职找老板，网购找马云，二胎想生就生不想生就不生，但你生不生和命运有一毛钱的关系吗？一生那么长，而你那么懒，什么事都推给命运背黑锅真的好吗？

当然，也有一部分真的是被命运和医院亏欠的，比如团团。团团是隔壁王叔叔家的女儿，本名叫王语嫣。是的，她爸爸是金庸迷。

团团的乳名和体形有关，据说她出生时难产，妈妈在产房折腾十个小时才生下她。团团一出生就九斤八两，刷新了妇产科当月最重宝宝的纪录，荣登榜首。从老家赶来的奶奶没有重男轻女的观念，笑呵呵地说：“虽然不是大胖孙子，有这么个大胖孙女也是福气，小名就叫十斤吧！”

她妈妈当即就躺不住了，自己女儿哪能叫“十斤”这么难听的乡土名字？于是挣扎着坐起来，委婉却“坚定”地说：“这孩子胖乎乎的，像个小汤圆，还是叫团团吧！”团团除了胖，还特别乖，不哭不闹，当时大家并不知道那是出生时缺氧造成了脑损伤的原因。

团团的过分安静和总是蜷缩在胸前拉不直的左手最终引起了大家的注意，在儿童医院检查的结果给王叔叔夫妇带来了致命的打击。接下来就是一边和接生的医院打官司，一边上天入地天南海北地治疗，获得的赔偿都用来给团团看病了。

我内心一直都很忌惮赔偿这个词，看似权益得到了维护，但凡是需要赔偿的，必定先是因为某些原因造成了不可逆转的伤害。

团团九个月还直不起头，大脑袋摇摇晃晃；两岁还在流口水，一天要更换十几条小毛巾；三岁的小朋友都去幼儿园了，团团还得妈妈抱着，因为不会走路；四岁能走路了，但一百米要摔倒三次以上……那是一段漫长晦暗艰辛异常的日子，王叔叔夫妻俩坚持不住了就抱着哭一场，哭完继续坚持。

十七年就这样过来了，现在团团十七岁，基本能自己照顾自己。遗憾的是不管怎么做康复，团团的左手始终无法完全伸直，走路轻微摇晃，说话要很用力才能说清晰。团团的心智是正常的，甚至比一般人还要聪慧，她和同龄的少女一样爱美，喜欢穿裙子，喜欢漂亮的饰品，而且狂热地喜欢唱歌。

对于团团想要当歌手这个梦想，亲戚邻居都当成是一个笑话。多少漂亮健康，口齿伶俐的还没希望，团团这样的能有出头之日？王叔叔夫妻俩为女儿感到心酸，但全力支持她，对于他们来说女儿唱歌能不能"出头"并不重要，她快乐才是最要紧的。

前不久有个什么"最强声音"栏目来本市海选，团团报名参加了。没有大家期望的励志故事，团团发挥得并不好，她的身世也没有像电视选秀节目里那样感动全场。甚至因为身体的残疾，团团还和其中一个评委发生激烈冲突，引得现场哗然。

据说那个评委是个出过专辑的草根歌手，平时全国各地走穴，参加一些大舞台之类的演出，这次是利用人脉混进了评委团。当时团团演唱结束后，进入评委点评环节。轮到那个评委时，他问了一个和唱歌本身没有任何关系的问题："请问，你为什么叫王语嫣？和《天龙八部》有什么关系吗？"

"是的，因为我爸爸是金庸迷，他希望我长成神仙姐姐那样的大美女。"团团落落大方地回答。然后那个评委脑子就开始抽了，居然自以为幽默地调侃："我觉得你爸爸应该参照《射雕英雄传》给你取名，黄药师身边那个傻姑的名字更名副其实啊！"

全场顿时一静，主持人赶紧岔开话题，邀请下一位评委点评，但是已经来不及了。团团脸色铁青，摇晃着走到他面前，拿起桌上赞助商提供的矿泉水汩汩倒在他头上。现场一片哗然，评委气疯了："神经病！你是不是神经病？"团团一字一句，用力说得字正腔圆："你脑子本来就进了水，我这样也是让你更加名副其实！"

这时台下爆发哄然大笑，还有看热闹不怕事大的叫着："小姑娘，揍死这个嘴欠的！"眼看语言冲突就要上升到肢体冲突，保安急忙跑上台，协助主持人"劝退"了团团。

选秀现场是通过电视台实况转播的，从那天起，团团一下出名了。有人支持团团，认为那个傻缺评委活该，也有人质疑她的特立独行，认为是为了出名故意炒作。团团不敢出门了，不管走到哪儿，都有人指指点点："喏，那个就是傻姑！"团团自小就比别的孩子吃苦多，性格一直很坚强，这次也扛不住了。她不再唱歌，饭吃得也少，整个人呆呆的。

那天我去阳台晾衣服，忽然看见隔壁阳台上一双脚荡来荡去，穿着雪白雪白的厚底帆布鞋。我顺着往上一看，差点惊叫出来，团团居然坐在护栏上，面无表情地摇晃着双腿。我退回房间就往王叔叔家跑，刚进门就听见王婶大哭。我心一沉，跌跌撞撞跑到阳台，看见王叔叔正搂着团团，已经把她拉下来了。

　　"你这死丫头，你要吓死我是不是？这些年你吓我还没吓够是不是？"王婶号啕大哭。"团团，这点挫折就想不开了？"我"鄙视"地问。团团否认："没有，我就是坐上面锻炼一下平衡能力。""我就说嘛，我们团团是个坚强的好姑娘。这点事算啥，表白被拒绝人家也没这样啊！"我说。

　　团团的面孔抽搐了一下，瞪着眼睛问："你怎么知道我表白被拒绝了？"我赶紧表明："不是说你，是另一个脑瘫的女孩子。她喜欢一个人，勇敢地表白了，可是对方拒绝了她。最后在父母的安排下，嫁给了一个大她十几岁的男人，根本没有感情基础啊！"

　　团团为之动容，一脸物伤其类的哀绝。王叔叔对我使劲挤眼睛，眼珠子都要挤出来了。王婶不敢再哭，已经急着送客了："小雪，你也怪忙的，这里没事了，你忙你的去吧！""我想和雪姐聊聊天。"团团留下我，打听那个脑瘫女孩子的事。"那个女孩子和你一样，出生时因为缺氧导致脑瘫。但是她父母都是农民，太穷了，没有钱治疗和做康复，只能到处烧香、烧纸、信耶稣，所以她的症状更严重……"于是，我就跟她讲起脑瘫诗人余秀华的故事。

　　余秀华出生在湖北省钟祥市石牌镇横店村，并且直到现在都住在那里。余秀华的童年和团团，和所有的脑瘫儿童都一样，如果说不同，那就是因为贫穷，她受到的苦难更多一些。余秀华的父母要挣钱给她治病、养家，就无法腾出更多的时间照顾她。一直到四五岁会走路之前，余秀华都是自己在地上爬，棉裤经常磨破，露出里面的棉花。至于歧视，那是余秀华自出生就如影随形的东西，她早已经习惯了。

　　真正被别人的眼光刺伤的时候，余秀华已经是十几岁了。这个年龄的女孩子都是爱美的，对异性也充满美好的向往。余秀华也是一样，她也有了一个偷偷喜欢的男孩子，并且勇敢地表白了。然而，男孩儿委婉地拒绝了她。余秀华从他的眼神中看见了自己的形象，那个时候的她是什么样子呢？

　　怯怯的神情，枯黄的头发扎成一个小辫子，衣服破旧灰败，浑身上下没有一点儿鲜亮好看的装饰。这些都不要紧，要命的是她身体上的残疾。她走路蹒跚，手腕向外扭曲手指翻转，非常吓人。说话也含糊不清断断续续，不是亲近的人，很难完了解她的意思。余秀华被自己吓到了，她像是第一次认识到自己，在心爱的人面前无地自容。

　　余秀华的恋情还没来得及开始，就这样仓促地结束了。在父母的安排下，余秀华和一个大她十几岁的男子见面了，这就是她后来的丈夫。没有怦然心动，没有炙热眼神，什么都没有，这个男人只是父母为了以后有人照顾她招来的上门女婿。

　　在农村，像余秀华这样的残疾女子能嫁人就不容易了，何况对方四肢健全，又愿意当上门女婿。对于婚姻，余秀华也没有更多的认识和了解，她屈从了父母的安排。婚后的生活自然是不如意的，丈夫对入赘觉得委屈，从心眼里看不起她是个残疾人。两人发生矛盾时，丈夫曾经公然说："我是正常人，你是残疾人，我就比你高贵。"

　　几乎是从结婚开始，余秀华就打算离婚了。只是父母一次又一次劝她骂她，唯恐老夫妻两个走了以后，留下一个走路都摇摇晃晃的女儿独自在人间，孤苦无依。自己男人再不好，到底有个人依靠，至于情感上的需求，在现实和生存面前是可以忽略不计的。余秀华曾把她的婚姻生活形容为"青春给了一段罪恶"，她内心的积郁悲愤无从排解，几乎把自己憋炸了。

余秀华怀孕了，没有初为人母的惊喜、憧憬，有的只是迷茫、无奈、悲凉。腹中的小生命让那个男人永久地融入了她的生命，也将她推进汹涌的平庸的命运洪流。孤傲的内心一次次遭受到生活带来的挫败，余秀华坚持不住了，她觉得自己被身边的这个男人打败了，被生活打败了！

不知是不是上帝的弥补，身体残疾的女子往往更聪慧，更有灵性。余秀华有次无意中看到了海子的诗歌，内心受到极大的震动，她内心汹涌的感情喷薄而出，变成笔记本上一行又一行的诗篇。周围的人都觉得这个女人真疯了，趴在家里闷头写字，还不如拿只碗讨钱，至少能讨来自己的一日三餐。

余秀华对这些声音充耳不闻，笔记本写满一本又一本，沉醉在诗歌的殿堂里。后来她成名时接受采访，透露自己写了两千多首诗歌。余秀华开始学习上网，网络让她接触到更多有关诗歌的知识，也由此打开了一个更为辽阔自由的世界。余秀华的诗歌渐渐见报了，成为家喻户晓的"脑瘫诗人"。

"哼，诗人就是诗人，为什么要加上'脑瘫'两个字？"团团鄙夷地说。"我也不喜欢，但这是成功之后的余秀华依然摆脱不了的现实。身体的残疾无可回避，甚至有些人关注这些甚于她的诗歌。"我话题一转，"但是现在的余秀华自信从容，再也不是那个神情怯弱孤独自卑的女人了。有一次接受采访时，主持人问她怎么看待自己被说成因为脑瘫、农民身份才走红的，你知道余秀华怎么回答的吗？"这下不光团团，连王叔都忍不住问："怎么回答的？"

"她说，很多人会因为我的特殊身份去看我的诗歌，但等他们看完之后就会知道不是这样。"我感慨，"这是多么豁达，多么自信的女人啊！余秀华最新的诗集就要出版了，现在依靠稿费，她实现了经济独立。前不久，余秀华用稿费给丈夫买了一栋楼，两人达成协议，正式离婚了。她形容离婚后的自己是挣出牢笼的鸟，终于过上了自己憧憬的自由的有尊严的生活。"

团团眼神里充满敬佩而希冀的光芒，然后开始审视自身："其实我比她幸运多了，我从小受到爸爸妈妈无微不至的照顾，治疗的效果也非常显著。从唱歌方面来说，一直有专业的老师指点，而且我男神没有彻底拒绝我。他说我们年龄太小了，谈恋爱太早，但他会一直关注我，见证我的成长。"团团说着羞涩起来，一如同龄的少女们。但更让我感动的，是王叔王婶松了一口气的欣慰神情。

前几天，团团兴奋地敲我家的门，说是有个"超强声音"邀请她参加海选，她已经答应了。"我知道，一定会有人说是因为'傻姑事件'人家才找我的，但是理他呢！我把歌唱好，就是最有力的反击。"团团兴高采烈地说。

那一刻，我忽然觉得做个知心姐姐也是很有成就感的。如果再有人向我抱怨命运，我就搬出来余秀华和团团：这两个一出生就被剥夺站在同一起跑线资格的女孩子，她们前半生被轻视被嘲笑，最终都能通过自己的努力扭转命运，反败为胜，你有什么理由不能呢？

互联网时代，再没有怀才不遇这回事

最近我肝火有点旺，老做一句话戳碎玻璃心的事，得罪了不少人，于是决定修身养性，效仿宝钗"不关己事不开口，一问摇头三不知"。下午程宇来坐了很久，期间吐槽自己跟的项目刚有眉目，却被马屁精小张抢走了；同时进公司的小刘笨得跟猪似的，结果小刘涨工资了而他没有，等等。

我一直作梨涡浅笑状，后来实在忍不住了问他："你为啥觉得老板应该给你涨工资呢？""因为小刘涨了呀！"程宇理直气壮地说，但我分明记得他曾洋洋自得地炫耀如何把费力不讨好的麻烦工作推给小刘。

我又问："你跟的那个项目，好像上周交的策划并没通过，你交新的没有？"程宇眨巴眨巴眼睛，回答："没有。"我大概明白了怎么回事："那是人家小张抢先交了？""是的，我打算周一写的，可他周末请部门领导泡温泉的时候已经抢先交了。"程宇忿忿不平，"小张的马屁功夫已经练到出神入化了，脸皮厚得很。老板也是不开眼，我怎么就遇不到一个慧眼识才的老板呢？"

我听到这里，体内的洪荒之力就忍不住了："能推掉的工作就推给别人，推不掉的还不好好做，你还想涨工资？得亏你老板不开眼啊，开眼早就炒你鱿鱼了，还等你在这吐槽呢！"程宇吃惊地重新审视我，一副"认识你这么久，才知道原来你是这种人"的表情。

我叹了一口气，苦苦维持的宝钗形象功亏一篑，又做了一回刻薄的王熙凤。看着程宇满脸委屈的样子，我只好换了一种口吻，尽量委婉地说："小张马屁精，惯常使手段，你又不是今天才知道。他能周末不休息把计划书赶出来，他能请部门领导泡温泉，你为什么不可以？"

"你要我像他那样拍马屁拉关系？"程宇激动起来，一副受辱的模样。我体内的洪荒之力又要忍不住了："程宇你是从火星来的吗？营建良好的人脉和合作关系多么重要，就算你有真材实料，也得让人知道啊！诸葛亮比你牛吧，人家还能主动联系刘备……"

"打住，打住！"程宇一副"我读书少，你别骗我"的表情，"我虽然不大看书，《三国演义》还是翻过几页的，诸葛亮主动联系刘备？全国人民谁不知道，那是刘备屁颠屁颠跑了三趟才请到诸葛亮的好不好？""看过《三国演义》，那你看过《魏略》和《九州春秋》吗？"我问，程宇再次眨巴眨巴眼睛回答没有。

刘备三顾茅庐的典故人尽皆知，很大程度上归功于《三国演义》，里面详细记载了刘备三趟都怎么跑的，诸葛亮如何傲娇。第一趟，刘备和关张两位结拜兄弟去卧龙岗请诸葛亮出山匡扶社稷，不巧诸葛亮出去旅游了；三人隔了几天只好又去第二趟，结果小僮仆说"哎呀，实在不好意思，我家大大又去旅游啦。"这时别说刘备，就连张飞都看出诸葛亮是成心的了，当即表示：矫情，哥哥这事你别管了，我拿绳子把这货绑回去。刘备呵斥张飞一番，恭敬告辞了。

第三趟拜访，诸葛亮倒没出去旅游，可是他在睡觉。刘关张三人松一口气，心想这回总算见到活的了，当即在庐外布防，唯恐他跑了。等诸葛亮睡醒一看，刘备正立在门口"等候"他，内心十分感动，于是投桃报李，将鼎足三分的谋略和盘托出。刘备听完大为倾倒，这才有了后面君臣相敬、刘备托孤的故事。

那么问题来了，这么私密的事，是怎么流传出来的呢？

关于三顾茅庐，最早的记载源于《出师表》，里面写道："臣本布衣，躬耕于南阳，苟全性命于乱世，不求闻达于诸侯。先帝不以臣卑鄙，猥自枉屈，三顾臣于草庐之中，咨臣以当世之事，由是感激，遂许先帝以驱驰。"翻译过来，大意就是：我是个农民，本来在老家好好种地，根本没打算外出打工，是先帝去请了我三趟，我才勉为其难答应的。

也就是说，这事是诸葛亮自己说的。除此之外，西晋陈寿所著的《三国志》也有"凡三往，乃见"的记载。但在《魏略》和《九州春秋》中，诸葛亮和刘备君臣初见却有着迥然不同的版本。

《魏略》里说，建安十二年，曹操已经全面控制了北方地区，荆州危在旦夕。当时刘备屯兵在樊城，诸葛亮为了荆州免于战火，（也有可能认为是千载难逢的良机）主动到樊城去见刘备。值得一提的是，当时诸葛亮只有二十六岁，虽然不是小鲜肉了，但在外形上也远未达到治国安邦的沉稳形象。刘备一看他那么年轻，一开始根本没把他当回事，后来听了他对天下大势的分析才惊觉眼前的年轻人非同一般。

《魏略》早于《三国志》，且以史料丰富、态度严谨见长，加上当时诸葛亮还年轻，也搜索不到他在工作上的成功案例，多数人认为刘备不可能跑三趟请一个还没入行的新人，诸葛亮毛遂自荐是比较可信的。

"你的意思是诸葛亮吹牛，往自己脸上贴金了吗？"程宇听得一愣一愣的，问。"那倒也不是，清代的洪颐煊认为三顾茅庐和毛遂自荐都是真的，他在《诸史考异》指出，诸葛亮毛遂自荐在建安十二年，刘备三顾茅庐是在建安十三年，两者并不矛盾。"我引经据典地和他分析，最大的可能就是当时刘备虽然惊觉这年轻人不错啊，但并没重用他。（求诸葛亮心理阴影面积）等一年后刘备认清时局想用他时，诸葛亮做做姿态也是可以理解的。

"毋庸置疑，诸葛亮是有才华的。但如果他不先到樊城见刘备，聊聊天下时局人生理想，刘备又怎么能知道天下数他厉害呢？那时候又没有琅琊阁，也没人排个琅琊榜啥的。"对于我的总结，程宇习惯性反驳："也不尽然哪，那时候怀才不遇的门客多了去了，天天待一块儿多少说话机会，也没见都能宏图大展。我们公司溜须拍马的人也不少，真得到好处的不就小刘一个吗？"

我一听气得牙疼病都犯了，怀才不遇是什么？是指胸怀才学却得不到赏识，无法施展自己的理想抱负。历史上怀才不遇的高人隐士确实不少，除了帝王皇权的政治因素，那时候信息闭塞、职业选择有限也是重要原因。才华横溢如滔滔江水连绵不绝的屈原，如果生到现在，就算不走仕途，凭诗歌也分分钟秒杀动辄世界宇宙的华文诗歌大奖赛啊！牛掰如屈子尚且如此，众多充当门客郁郁不得志的青年才俊就更不用说了。

可是现在不同了，互联网开辟了一个信息空前便捷的全新时代，任何一个你能想到的职业，都能找到无数可供自己发展的平台。邻居家女儿今年二十岁，长得充其量算是眉清目秀，远远谈不上惊艳。可是化妆技术好，还会唱几首歌，每天关在小屋里视频直播，坚持半年，居然也成了人气主播，收入比我写稿可观多了。如果再有点才华有点真本事，那简直要逆天的节奏。

另一个邻居华叔在殡仪馆工作，半辈子不受人待见，见到朋友都不敢主动握手，就怕人家忌讳。互联网时代的到来，也给了华叔咸鱼翻身的机会。华叔乐观好学，电脑刚走进我们的日常生活时，他就迷上了这个新兴产物。现在年轻人多数在外地奔波，一年才回家乡一次，清明中元节等等根本无法赶回老家祭祖。华叔从中看到商机，建立了一个网上公墓，鼠标动一下就可以焚香祭拜了，一时注册者差点挤爆服务器。

"类似的例子数不胜数，以前贫嘴烂舌招人烦的中二青年都成了优秀的段子手，还有什么人迎不来自己的春天呢？"我加重语气，"有才华有平台是前提，关键还得把成绩做出来。还拿诸葛亮来说，人家哥仨跑了几趟把他请回来了，他要金玉其外败絮其中，不等刘备动手，张飞就得轰他出去。毕竟刘备那时候也不富裕，可以高薪请个师爷，但总不能高薪请个啥都不干的爷吧？诸葛亮后来得到刘备倚重，就是鼎足三分的策划书不仅做得好，后期执行也到位。你们公司溜须拍马的人不少，可是交上策划书的只有小张一个，这就高下立分了。"

程宇这次没有反驳，而是陷入沉思，玻璃心碎成渣渣的时候，也就是他涅槃浴火重生的时刻了。

怀才不遇四个字，在通往成功的路上就是一个坑。它充当着失败者自我安慰的麻醉剂，让他们以为自己的不成功是没机会没平台没伯乐赏识，营造出"不是我不行，给我一个机会我也能怎样怎样"的幻觉，心安理得地自怨自艾。

但是，没有一个老板是笨蛋。他们都是从你现在的位置做起来的，粘上毛比猴都精，在生活这个大型炼丹炉里早就炼成了一双火眼金睛。你做了多少工作，应该得到怎样的报酬，他们心里有自己的一杆秤。要升值加薪，要被倚重施展抱负，都要看你自己怎样努力。

互联网时代，再没有怀才不遇这回事。

鸭梨变冻梨，觉醒的力量有多大

最近成功减重15斤，曼妙身段又回来了，真是瘦了穿围裙都好看。白薇见到我时，惊得眼珠子都要掉出来了，接着就是一副如丧考妣的哀绝："贱人，不过就是吵了几句，你居然屏蔽我了！"以上文字略有跳跃，各位看官可能一头雾水，实则另有缘故，容我一一道来。

白薇是架空理想主义者，眼前的苟且视而不见，天天在朋友圈晒诗和远方。对于这种行为，我向来有点看不上眼，但鉴于"尊重他人及他人的生活方式"，一直忍着没吐槽。前不久她看了一篇教人安享平淡，与生活握手言和的文章，立刻奉为真理，苦口婆心劝我"生活不需要那么多钱，别再那么拼命啦，知足常乐，平淡是福"。

　　我当时听了气不打一处来，一时没忍住就哪壶不开提哪壶，问了问她上次一起去云南玩，我垫付的费用什么时候还。美好的肥皂泡一戳即破，白薇觉得下不来台，立刻呛声，说我那么小气，八十岁也泡不到吴彦祖——这比诅咒我写一辈子小说也出不了头还恶毒啊，绝对不能忍！于是友谊的小船说翻就翻了。

　　好在有十几年的交情在，各自的气一消，又约在一起逛街了。然后就出现了开头的一幕，她一眼看见我暴瘦——而不是在朋友圈看到的，立刻怀疑我屏蔽了她。我一再解释减肥确有其事，但没发朋友圈。白薇不信："要知道，像你这种瘦一斤都得满世界嘚瑟的人，瘦这么多能忍住不发朋友圈？"

　　我只好拿出手机给她看，别说减肥的事没发朋友圈，最近两个月连更新的状态都寥寥无几。白薇眼见为实，兴趣又转移到我的减肥成果上来："你这两个月在火星减肥的吗？连网都戒了，唉，你到底怎么减下来的？我腰上这点赘肉能减掉吗？""那么多问题，让我先回答哪一个？"我无奈地问。白薇眨巴眨巴眼睛，狡黠地问："以前减了那么多次，请了陪跑员都没减成功，先说这次到底受什么刺激下狠心减肥的？""这个说来话长，我请你吃点东西吧，边吃边聊。"

　　我把白薇带到了表妹的西饼屋，奶油曲奇和小酥饼一端上来，她立刻忘了减肥这件事，吃相跟饿死鬼投胎似的。表妹夫体贴地送来一杯温水，白薇一看见他，惊得立刻弹跳起来，指着他瞠目结舌："你你你……你是胡路？""是，不仅是胡路，还是'胖葫芦'！"对于白薇的反应，表妹夫已经习以为常，他从体重200斤减到140以后，每个见到他的老朋友基本都是这个反应。

"到底怎么回事？你们怎么都在一夜之间瘦下来了？"白薇现在怀疑去火星的是她自己了，还揣测我们是不是得了什么奇效秘方。

"怎么可能是一夜之间？"胡路嘴角扬起一丝苦涩的笑意，"如果真能一夜之间瘦下来，让我拿十年寿命来换，我也愿意！"白薇听出他话里有话，急忙问到底发生了什么事。

胡路和我表妹算是青梅竹马，小的时候婴儿肥，小脸圆乎乎的挺招人疼，胡路和葫芦又同音，大家都叫他小葫芦。胡路心地纯善乐观开朗，身体倍棒吃嘛嘛香，从小小少年一路胖到青春期，上大学后体重达到170斤，外号也从"小葫芦"变成了"胖葫芦"。要说我表妹和他也是真爱，胖成这样都没换人，胡路一毕业两人就结了婚。

瘦下来的原因各有不同，而长胖的原因只有一个——人懒嘴馋。胡路属于那种"别和我比懒，我懒得和你比"的那种人，平时能坐着绝不站着，上两层楼也得等电梯。他嘴又馋，除了上班时间，基本都待在西饼屋帮忙。表妹烤的小酥饼从来就没剩下过，卖不完的都被他吃了，整个一不挑食的好宝宝。西饼屋营业半年后，胡路的体重达到了巅峰，居然202斤。

有一次，一位妈妈带着孩子来买泡芙，一眼看见胡路正拿着个泡芙往嘴里塞，吓得赶紧拽着孩子走了，还不住呵斥孩子："以后不准再吃泡芙了，看见后果了吧，胖成那样怎么办？"胡路的自尊心被伤害了，嘴里的泡芙不知该咽下去还是吐出来，犹豫了几秒钟，还是咽了下去。白薇听了也忍不住笑，她当然知道胡路不可能因为这种小事就能狠下心减肥，吃货们的内心都是非常强大的。

表妹意识到不能再放纵胡路胖下去了，长此以往，身体肯定会出问题的，于是勒令他减肥。胡路自己也嚷嚷着减肥，只是走几步就喘得不行，饿两顿就眼冒绿光，减肥始终停留在口头阶段。就在这个时候，胡路的妈妈病了，肝坏死，需要进行肝移植手术。

一提到器官移植，大家首先想到的是高昂的医疗费用，其实这还不是最大的难题。国内器官供体和临床需求存在着极大的缺口，很多人筹到了医药费，最后因为等不到合适的器官而抱恨离世。胡路和我表妹拿出了他们全部的积蓄，胡路爸爸还卖掉了老家一所闲置多年的院子，总算凑齐了手术费用，可是迟迟等不到供体。

胡路的妈妈最多只有半年时间，为了保险起见，医生建议亲人先做配型。胡路是独生子，割肝救母责无旁贷，幸运的是配型也成功了。一家人欢天喜地，胡路的妈妈在病床上抹眼泪，说："我只当抱不上大孙子了呢！"然而，这份欣喜只维持了短短半个小时，胡路的体检报告很快出来了。医生明确地告诉胡路，他有严重的脂肪肝，不能进行器官移植手术。

刚刚燃起的希望就这么被劈头浇灭了，一家人都看着胡路。胡路觉得自己就像挑着太行、王屋两座大山的天神，肩上的担子压得他喘不过气来。看着年迈双亲期盼的眼神，胡路故作满不在乎地说："不就脂肪肝嘛，我减肥呗，减下来不就能进行手术了？""可不是吗？让小路减肥！这小子也该锻炼锻炼了！"爸爸与胡路心有默契，同样"不拿减肥当回事"地说。

减肥难吗？但凡减过肥的人都知道，个中辛酸，怎一个难字了得？何况胡路并没有充足的时间慢慢减，他必须要在四个月内瘦下来。医生针对胡路的个人情况，为他量身制定了详细的减重计划，从食谱到每天的运动量，都有明确的数据。就这样，胡路开始了艰辛的减肥历程。

一开始，胡路跑十分钟就累得瘫在地上，大口大口喘气，但他不敢停下来。胡路知道自己是在和死神赛跑，他跑不过死神，妈妈就会被带走。一想到这，胡路就爬起来再跑，慢慢地能坚持到二十分钟，后来能一口气跑三十分钟了。

运动量上去以后，体重的确会下降，但还有另一个"副作用"——饿。胡路是一顿能吃整个肯德基全家桶，外加一碗大娘水饺的人，现在餐量被限制为半碗米饭一盘青菜，根本吃不饱啊！胡路想吃东西的时候就猛灌水，后来喝水也不顶用了，半夜饿醒后就睁着眼睛到天亮。

这样坚持了两月，胡路的体重从202掉到了165斤，战果辉煌啊！胡路妈妈心疼儿子，让他不要急，慢点减，她能等。胡路有点飘飘然：好像减肥也不是很难嘛！胜利指日可待嘛！

自从胡路妈妈生病，西饼店就是我表妹一个人在撑着，好腾出时间让胡路在医院陪护。有天表妹娘家有急事，就让胡路在西饼屋照看一会儿。胡路进了自家的西饼屋，看见那些奶油泡芙小曲奇，两眼直冒绿光，就像濒临饿死的大灰狼看见一群肥嫩小绵羊似的。

胡路脑袋里有两个小人在打架，一个说："吃一块吧，吃一块又长不胖！"另一个小人说："不行！要吃吃两块，一块不解馋，两块也长不胖啊！"于是胡路吃完一块后，心安理得地又吃了第二块，然后更馋了！他想已经瘦了那么多，多吃几块就算犒劳自己减肥取得阶段性胜利了，大不了明天多跑几圈！

我们永远不要低估自己的能力，但也不要高估自己的毅力。胡路在长期半饥饿状态下，终于吃到了最喜欢的甜点，根本不可能吃几块就停得下来。那天胡路越吃越开心，等他打着饱嗝再也吃不下去的时候，玻璃柜里已经空了一大半了。

如果胡路接下来几天在现有基础上缩小饭量，增加运动，这次暴食也不是无法饶恕的罪过。遗憾的是他再也没有机会了，当天晚上胡路的妈妈出现了严重的并发症，在重症病房抢救了三天，撒手去了。

那是个暴雨如注的夜晚，尽管胡路已经三天水米未进了，他胃里依然涌动着令自己恶心的甜点气味。胡路惊天动地地呕吐起来，然后一头冲进雨幕里开始跑步，一边跑，一边像受伤的野兽般号哭。

"我当时觉得，就是上天在惩罚我。上天给了我一次机会，让我救妈妈，我却没有珍惜。"胡路情绪激动地说，"我问自己，你为什么要这么贪吃？自己妈躺在医院等着你减了肥救命，你还吃得下去，你是猪吗？！"尽管早就目睹了整个过程，再次听胡路说起，我依然内心恻然。

表妹这时坐了过来，悄悄握住胡路的手。白薇红了眼眶，安慰他说："阿姨出现突发性并发症，并不是你的过错，就算你没有吃那一顿丰盛甜点，也并不能阻止这件事发生。"

"大家都这么说，可是如果我没那么胖就不会有脂肪肝，就可以早早把肝移植给妈妈，妈妈就不会死了！"胡路苍凉一笑，"可惜我觉醒得太晚了，我应该早两年就开始减肥。不，应该一开始就不要那么胖！"妈妈的去世，带给胡路沉重的打击，也让他认识到每个人都不可能只为自己而活。

"大到职业选择，小到健身运动，每次看似非常个人的决定，其实都在影响身边的人。你勤奋工作，父母孩子就能因你的丰厚薪水过得安稳富足，你努力健身，就能给他们一个健康的能撑起风雨的儿子、爸爸和老公。他们是压力，但同时也是动力！"胡路搂搂我表妹的肩膀，"这才是我减重60斤最大的收获！"

那天离开西饼屋后，白薇唏嘘不已。我以为她感慨一会子也就完了，不料她居然认真问我："你说，我现在工作是不是太清闲了？要不我再找份兼职。"我惊异，她有点不好意思起来，说："胖葫芦说的对，每个人都不可能只为自己而活，我们每个人的决定都会影响到身边的人。我想我得认真为他们考虑一下了，毕竟他们是鸭梨，同时也是冻梨呀！"

我大为赞赏，白薇忽然想起来："我是问你减肥动力的呀，你拉扯起胖葫芦来了，你自己是为什么？""阿姨去世后，胡路跑步老沿着护城河跑，我表妹怕他想不开，自己又得看店，就让我跟着他。我只好拼上老命跟在他后面跑，然后我就瘦了。"对于我的回答，白薇先是一怔，接着报以哈哈大笑。

这其实并没什么好笑的，天道酬勤，好人好报，不是吗？

生活是一棵长满可能性的树

　　昨晚闺蜜打来电话，说小顾中午到，晚上想和大家聚聚。我当时正在喝水，骤然听到小顾的名字，竟然手抖到杯子里的水都泼洒出来。十多年过去了，那件事在我的刻意忽略下原本已经逐渐淡去，此刻心脏却像被某种怪物、抑或恶灵攫住了一般，那种步步逼迫无处可逃的巨大哀伤再度漫延开来……

　　小顾叫顾投石，是我最好的姐妹张小璋的爱人，两人是在郑州读大学时认识的。顾投石是郑州本地人，长得清秀斯文，对小璋一见倾心，从大一就展开狂热攻势。郎有心，妾有意，小璋给我打电话时咯咯直笑，问我是现在就接受他呢，还是再考验一段时间。我回答："必须再考验一段时间，一看这货名字就知道，惯会干'投石问路'的事，再考验一下他的诚意。"

　　小璋从善如流，一直"考验"他到大三，两人才真正在一起。顾投石后来知道是我在背后撺掇，不但没有问责，反而请我吃了一顿丰盛大餐，因为"唯女友与女友闺蜜难养也"。小璋撒娇卖萌，问他："难养，那你还养不养？""当然要养，而且是养一辈子！"顾投石说那句话时深情地看着小璋，这等同求婚的表白让小璋幸福得不要不要的。我那天唯一的请求是让他们关爱动物，没有秀恩爱，就没有伤害。

　　顾投石是在毕业典礼上向小璋求婚的，当时在学校引起极大轰动，隔着电话我都能感觉到小璋喜极而泣的幸福感有多么强烈。这对璧人终于在一起了，虽然中间也曾生出波折。

　　小璋是独生女，爸妈非常疼爱她，这一点儿从名字就能看出来。二十几年前的河南，重男轻女的思想还比较严重，生男弄璋生女弄瓦，但小璋的父母偏偏就给她取名张小璋，明摆着拿女儿当儿子养。小璋要远离父母嫁在郑州，她爸妈肯定是不乐意的。为此，小璋晓之以理动之以情，外加撒娇卖萌，最后顾投石还配合着上演了一出感天动地催人泪下的琼瑶痴情戏，两人才得以拿到户口本，正式迈进婚姻的殿堂。

　　结婚半年后，小璋怀孕了。那次小璋回来和我们聚会，包里带着叶酸钙片各种孕妇营养素，以及橙子苹果猕猴桃各种水果，都是顾投石给她准备的。大家吃完饭正在聊天，小璋的手机响了，是顾投石提醒她饭后半小时再吃水果。我们一众人被虐得体无完肤，起哄让她爆料"婚内生活"。我至今记得小璋红着脸的表情，那样一个幸福的小女人形象是她留给我最后的记忆。

　　小璋回郑州那天，起了很大的雾，她乘坐的客车和一辆拉水泥的大罐车迎面相撞，造成了8人当场死亡、15人重伤的重大事故。小璋的运气似乎在美好的爱情中已经用尽了，这次没有得到上天的格外庇佑，她是那8个人之一。

当时我得到消息后，抖得说不出话，走不得路，最后还是乘坐小璋家包的车赶过去的。事故现场惨烈异常，小璋妈妈哭到昏厥，醒转过来就要跟着女儿去。顾投石苍白着脸和做笔录的警察交谈，"不是8人，是9人，我爱人肚子里有我们的孩子，已经五个月了，我本来是不同意她回去参加聚会的……"

顾投石的那句话足有万钧之力，狠狠击中了我，我蹲在地上痛哭失声。如果小璋不回来参加聚会，她就不会死，而我，是那次聚会的发起者。

这些年，我们一帮好姐妹逢年过节都会出现在小璋家里，替她陪伴父母。小璋爸妈一直没从丧女的打击中恢复过来，经常说着话说着话神情就恍惚起来。顾投石怎样？我不知道。小璋出事后他换了手机号码，新号码只给了小璋父母，并没给我。我知道他有意和我们断了联系，如果时光可以倒转，他大约拼死也会让小璋远离我这个损友吧？

"事情都过去那么多年了，你也别想那么多了，只是意外，谁也不想发生那样的事。再说是大家一起撺掇她回来的，要说责任，我们都有责任。"闺蜜知道我的心结，换了个语调说，"小顾又结婚了，听说这次是特意带着媳妇来看小璋爸妈的。小璋爸妈中午给了新媳妇红包，已经认了干女儿了。再说是小顾主动要聚聚的，咱们总得尽尽地主之谊吧？你说安排在哪合适？"

闺蜜絮絮叨叨说了很多，我什么都没听见，脑海里只有一句"小顾又结婚了"。君生日日说恩情，君死又随人去了，我苦笑。死了的终究是死去了，活着的还要活下来。我无法责怪顾投石，就像我内心不管怎样内疚，我依然恋爱工作、结婚生子，继续着我自己的生活。

我赴约之前做了足够的心理准备，见到顾投石和他现任妻子时，内心的悲怆依然无法抑制。那女子面容清秀，穿一身素净衣裙，一看就是温婉的性子。只是，那里原本坐着的应该是小璋啊！我极力隐忍，仅能做到不至失态，要寒暄周全却是不能的。

闺蜜全程张罗着倒酒布菜，每到敬酒，顾投石总是把他妻子的杯子接过来，两杯一起喝。我不受控制地一次次想起小璋，终于挨不下去，借口去洗手间哭了一通。洗了把脸出来时，顾投石正在门口等我，约我去外面走一走。

"我知道你在想什么，你为小璋不值。"顾投石盯着我说，"小璋是我妻子，肚子里还怀着我的孩子，失去她们，我的悲痛远远在你之上。我当时也想跟着她们去，我也这么做了的……"顾投石伸出手腕给我看，我一惊，上面有一道暗红的狰狞疤痕。

"我怕跳楼摔得太难看，到了那边小璋认不出我，就选择了切脉。"顾投石耸耸肩，"可是没经验，切得不到位，又被抢救回来了！"我动容，顾投石现在说得多么轻描淡写，而当年那种悲痛哀绝到了什么程度才能让人万念俱灰的啊！

顾投石说他被救回来以后，为了防止他二次殉情，"嫁祸"医院，院方专门派了一个小护士盯着他，这个小护士就是他现在的妻子。"她是个善良聪慧的女孩，我出院后，她带我去看望了一位老人。"顾投石说那位老人姓吴，七十岁了，在附近打扫公厕，每月可以领400块钱工资。住的小屋仅十多个平方，却收拾得整洁舒适。

吴奶奶衣着干净，花白的头发梳得一丝不苟，还擦着淡淡的口红。招待顾投石时，她甚至拿出速溶咖啡，细心地冲好端给他。顾投石非常惊异，暗暗揣测这位老人一定不同寻常，一问才知道，这位吴奶奶是个传奇人物，她早在八十年代就挣回了百万身家。

吴奶奶年轻时心气就高，人又能干，不甘心做一份旱涝保收的工作，就开始自己下海。她从收音机、尼龙服装做起，穿梭于郑州、福建、上海等城市，很快积累起人生的第一桶金。那时候为了平抑物价，平衡供需矛盾，国家对部分紧缺物资依然实行计划调拨的政策。富贵险中求，吴奶奶看到其中商机，使用非常手段疏通关系，拿到了一批进口48辆轿车的资格，仅此一笔就赚了上百万。

受到鼓舞的吴奶奶再次出手，这次是价值520万的布料。然而，这些违反政策的操作为吴奶奶带来财富的同时，也带来了囹圄之灾。随着吴奶奶的锒铛入狱，她辛苦营建的一切都付诸东流，丈夫离她而去，唯一的女儿也自杀了。等吴奶奶出狱的时候，已经七十岁的她一无所有。派出所和街道办事处多方奔走，才给她找了一份打扫公厕的工作和一间仅能容身的住所。

"我当时就很受触动，经历了那么多坎坷磨难，吴奶奶还能这样从容地生活，尽量维持自己的尊严体面，让当时的我无地自容。"顾投石说，"几乎所有人都认为，吴奶奶再坚强，这一生也就这样盖棺定论了。可是你知道吗？我第一次见到她的时候，这样一个垂暮老人，竟然还在琢磨着东山再起呢！"

顾投石说吴奶奶女儿有个遗愿，希望她好好改造，将来建一所孤儿院或养老院，帮助和她一样需要照顾的人。为了女儿的遗愿，吴奶奶就像佘老太君一样披挂上阵，以七十高龄再次开始启程奔波。在这几年的努力下，现在吴奶奶拥有了一所170亩的葡萄园，她的心愿就要达成了。

我大为惊异，一个人承受挫折的心理韧性竟能如此惊人。"一个迟暮老人都能做到这样，我们有什么权利放弃自己呢？就算是同一棵树，结出的果子也不一定都是甘甜的啊！生活这棵树，更是每天结出各种可能性的果子，成功、失败、喜悦、悲伤、幸福、苦难……"顾投石扭头看着我说，"有些事，我们不能阻止它发生，那就只能接受。我们承受苦难，我们珍藏过去，我们也要拥抱新的幸福，这就是生活啊！"

这一刻，我和顾投石在内心达成了和解，嘴上却依旧不饶人："新的幸福拥抱就拥抱了，不一定要秀出来，而且是秀给我们看。""不是故意要秀，她怀孕了，真的不能喝酒。"顾投石笑笑解释。我大吃一惊：有过那样惨痛的经历，他居然还敢带着怀孕的妻子来看我们所有人？

顾投石像看穿了我在想什么，他抬头望着被华灯霓虹抢了风头的星空，努力寻找熠熠闪烁的寒星："小璋那么善良，会保佑她们的。"我听出顾投石声音中的异样，扭头看到他的眼眸映着星辉，泪光闪烁。